传承中华文化精髓

建构国人精神家园

楚 辞

[战国] 屈原 / 著　　潘尧 / 注译

天地出版社 | TIANDI PRESS

图书在版编目（CIP）数据

楚辞 /（战国）屈原著；潘尧注译. —成都：天地出版社，2021.10
（中华优秀传统文化经典随身读）
ISBN 978-7-5455-6267-5

Ⅰ.①楚… Ⅱ.①屈… ②潘… Ⅲ.①古典诗歌–诗集–中国–战国时代 Ⅳ.①I222.3

中国版本图书馆CIP数据核字（2021）第018158号

CHUCI
楚辞

出 品 人	杨 政
作　　者	[战国] 屈 原
注　　译	潘 尧
责任编辑	陈文龙　聂俊珍
装帧设计	挺有文化
责任印制	王学锋

出版发行	天地出版社 （成都市槐树街2号 邮政编码：610014） （北京市方庄芳群园3区3号 邮政编码：100078）
网　　址	http://www.tiandiph.com
电子邮箱	tianditg@163.com
经　　销	新华文轩出版传媒股份有限公司

印　　刷	河北鹏润印刷有限公司
版　　次	2021年10月第1版
印　　次	2021年10月第1次印刷
开　　本	830mm×1110mm 1/32
印　　张	5.25
字　　数	142千字
定　　价	25.80元
书　　号	ISBN 978-7-5455-6267-5

版权所有◆违者必究

咨询电话：(028) 87734639（总编室）
购书热线：(010) 67693207（营销中心）

如有印装错误，请与本社联系调换。

出版说明

中华民族历史悠久,源远流长。五千年的中华文明光辉灿烂,硕果累累,对后世产生了积极而深远的影响。作为华夏儿女,这是值得我们每一个人骄傲和自豪的。

中华优秀传统文化,是中华民族语言习惯、文化传统、思想观念、情感认同的集中体现,凝聚着中华民族普遍认同和广泛接受的道德规范、思想品格和价值取向,具有极为丰富的思想内涵。

习近平总书记指出,"中华优秀传统文化是我们最深厚的文化软实力,也是中国特色社会主义植根的文化沃土"。中华优秀传统文化,滋养了中华民族的民族精神,赋予了中华民族伟大的生命力和凝聚力,是中华文明成果的创造力源泉。继承和发展中华优秀传统文化,学习、掌握其中的各种思想精华,不仅对我们树立正确的世界观、人生观、价值观大有裨益,而且对我们处理各种社会事务也能提供有益的启发和指导。

为弘扬中华优秀传统文化，满足广大读者对优秀传统文化的阅读需求，我们编选了这套"中华优秀传统文化经典随身读"丛书。本丛书汇集经典的中华优秀传统文化名著，选目范围包括文学、历史、哲学、军事、教育等等，基本涵盖了传统文化的各个类别。

为便于广大读者对传统经典的学习和吸收，我们在编选过程中对古文原文采取了注释和翻译等处理方式，以消除阅读中的障碍。希望通过这套丛书，能让广大的读者对中华优秀传统文化有一个更好的认识和理解，在传承和发扬中华优秀传统文化的同时，也能使个体获得启迪和教益。

前言

　　《楚辞》是我国第一部浪漫主义诗歌总集。由于诗歌是在楚国民歌的基础上加工形成，并又大量引用楚地的风土物产和方言词汇，所以叫"楚辞"。这种诗体经屈原发扬光大，其后的宋玉及汉代作家们继续从事着楚辞的创作。

　　楚辞在汉代又被称作"赋"，如司马迁在《史记》中称：屈原"乃作《怀沙》之赋"。实际上，楚辞作为一种产生于楚地的独立诗体，是不应与汉赋混淆的。汉赋是适应汉代宫廷需要而发展起来的一种半诗半文的散文作品，一般以主客问答作为叙事的形式，它不是抒情，而是铺陈辞藻，咏物说理。楚辞则不同，虽然也富于文采，描写细致，含有叙事成分，但它以抒发个人情感为主，是一种诗歌。在楚辞之前的《诗经》，诗句以四字句为主，篇章比较短，风格朴素；楚辞则篇章宏阔，汪洋恣肆，诗的结构、篇幅都增多了，句式参差错落，富于变化，而在感情奔放、想象力丰富、文采华美、风格绚烂等这些特点上，都与《诗经》作品截然不同。一般来说，《诗经》产生于北方，代表了当时的中原文化，而楚辞则是南方楚地的乡土文学，楚辞中的大部分作品都是屈原在楚国民歌的基础上加工、提炼而成的。

《楚辞》的编纂始于西汉，汉成帝河平三年（公元前26年），文学家刘向领校中《五经》秘书衔，负责将屈原和宋玉的作品以及汉代东方朔、王褒、刘向等人承袭模仿屈原和宋玉的作品共16篇辑录成集，定名为《楚辞》。《楚辞》遂又成为诗歌总集的名称。由于屈原是楚辞的开创者，他的作品在质量和数量上都是最有代表性的，所以后人提及楚辞无不言屈原的代表作《离骚》，并常以"骚"或"离骚"作为楚辞的代称。

《楚辞》在中国诗史上占有重要的地位。它打破了《诗经》以后两三个世纪的沉寂而在诗坛上大放异彩。后人也因此将《诗经》与《楚辞》并称为风、骚。风指十五国风，代表《诗经》，充满了现实主义精神；骚指《离骚》，代表《楚辞》，充满了浪漫主义气息。风、骚成为中国古典诗歌现实主义和浪漫主义的两大创作流派。

本书选编了屈原的《离骚》《九歌》《天问》《九章》《远游》《卜居》《渔父》等名篇，并加以详细的注释，即使现代读者对当时的语言习惯、社会背景等都比较陌生，也能比较容易地理解楚辞作品，从中领略楚辞的精髓。

本书编排严谨，校点精当，并配以精美的插图，这些插图不但和作品中的情节、人物相互对应以达到图文并茂、生动形象的效果，而且能够反映出中国古代绘画艺术的发展、演变与继承关系，具有很高的艺术价值和欣赏价值。

目 录

离　骚	001
九　歌	033
东皇太一	034
云中君	035
湘　君	037
湘夫人	040
大司命	043
少司命	045
东　君	047
河　伯	049
山　鬼	051
国　殇	053
礼　魂	055
天　问	056
九　章	091
惜　诵	091
涉　江	097
哀　郢	102

抽　思……………………106
　　怀　沙……………………111
　　思美人……………………116
　　惜往日……………………121
　　橘　颂……………………126
　　悲回风……………………129
远　游………………………………137
卜　居………………………………151
渔　父………………………………155

离 骚

屈 原

【题解】

《离骚》是屈原的代表作品,是中国古代最伟大的浪漫主义抒情长诗,约作于屈原被放逐汨罗江期间,时当楚怀王十六年(公元前313年)左右。《离骚》的题义,"离"为别离,"骚"为忧愤。本诗是诗人于再次被逐、报国无门、痛苦无诉之际,写下的一首回顾平生奋斗历程的自传性诗作,一首倾诉少年的憧憬、青年参与艰难改革和壮盛之年即遭迫害与放逐的抒愤之作。

《离骚》的情感内涵极为复杂,包括了丰富的层级,既有充满希冀的理想追求及其破灭后的失落,对遭受冤屈和不能容忍暗君、谗臣误国的怨愤,终于只能埋葬"美政"理想的绝望,也有绝望也摧折不了的宁为玉碎、不为瓦全的孤傲与自信,以及对故国故土万死不变的眷恋深情。多种情感的交织,创造出了一种既呜咽悲怆、激烈狂放,又坦然从容的浑茫气象。

帝高阳之苗裔兮,	我是高阳氏的子孙后代,
朕皇考曰伯庸[1]。	伯庸是我已去世的父亲。

摄提贞于孟陬兮，	岁星在寅那年的孟春月，
惟庚寅吾以降[2]。	我降生那天又值庚寅日。
皇览揆余初度兮，	父亲把我生辰仔细揣摩，
肇锡余以嘉名[3]。	于是赐给我相应的美名。
名余曰正则兮，	父亲给我取名叫作正则，
字余曰灵均[4]。	又选用灵均作为我的字。

【注释】

〔1〕高阳：古帝颛顼号。颛顼为高阳部落首领，因以为号。苗裔：子孙后代。皇：大，美，是古人习用的称颂赞美的状词。考：古人称亡父为考。伯庸：屈原父亲的表字。

〔2〕摄提："摄提格"的简称。古人把天宫分为十二等份，分别名之曰子、丑、寅、卯、辰、巳、午、未、申、酉、戌、亥，是为十二宫，以太岁运行的所在来纪年。当太岁运行到寅宫那一年，称"摄提格"，也就是寅年。贞：正。孟陬：夏历正月的别名。夏历建寅，故正月也就是寅月。庚寅：古人以干支纪日，指正月里的一个寅日。

〔3〕揆（kuí）：估量，揣度。肇：借为"兆"，古人取名字要通过卜兆。锡：古通"赐"，送给。

摄提贞于孟陬兮，惟庚寅吾以降。

皇览揆余初度兮，肇锡余以嘉名。

〔4〕正：平。则：法。屈原名平，字原，正则隐括"平"字义。灵：美，善。

纷吾既有此内美兮，	我天生有如此良好素质，
又重之以修能^[1]。	又不断加强我后天修养。
扈江离与辟芷兮，	我肩上披着江离和芷草，
纫秋兰以为佩^[2]。	秋天兰草结成佩环装饰。
汩余若将不及兮，	时光如水流我怕跟不上，
恐年岁之不吾与^[3]。	岁月不等我让人心发慌。
朝搴阰之木兰兮，	沐浴晨光采集木兰于山，
夕揽洲之宿莽^[4]。	到黄昏还在水洲采宿莽。
日月忽其不淹兮，	日月穿梭匆匆不能久留，
春与秋其代序^[5]。	春秋交替代谢变化有常。
惟草木之零落兮，	想到草木衰败片片飘零，
恐美人之迟暮^[6]。	怕美人年老啊白发如霜。

【注释】

〔1〕内美：指先天具有的良好素质。重：加上。修能：杰出的才能，这里指后天修养的德能。

〔2〕江离：香草名，生在江边。芷：香草名，白芷。白芷生在幽僻处，所以叫辟芷。纫：连缀，编织。

〔3〕汩（yù）：水流迅速的样子，喻时间过得很快。与：等待。

〔4〕搴（qiān）：楚方言，拔取。阰（pí）：楚方言，大土山。揽：采。宿莽：楚方言，香草名，终冬不死。朝、夕是互文，言自修不息。

〔5〕淹：久留。代序：代谢，即更替轮换的意思，古"谢"与"序"通。

〔6〕惟：思。迟暮：年老的意思。

不抚壮而弃秽兮，　　　何不趁着年盛扬弃秽政，
何不改乎此度[1]？　　　何不壮壮器宇改变法度？
乘骐骥以驰骋兮，　　　跨上千里马纵横驰骋啊，
来吾道夫先路[2]！　　　我在前方引导作为前驱！
昔三后之纯粹兮，　　　古代三后德行之完美啊，
固众芳之所在[3]。　　　所以群贤都聚他们周围。
杂申椒与菌桂兮，　　　花椒丛中相间有菌桂啊，
岂维纫夫蕙茝[4]？　　　怎么会只有蕙和茝贯穿？
彼尧舜之耿介兮，　　　唐尧和虞舜光明正大啊，
既遵道而得路[5]。　　　走治国正道路才能平坦。
何桀纣之猖披兮，　　　为何夏桀殷纣狂乱放荡，
夫唯捷径以窘步[6]。　　只因为贪捷径走投无路。

【注释】

〔1〕抚：趁着。
〔2〕来：相招之辞。道：通"导"，引。先路：前驱。
〔3〕三后：王逸《章句》："谓禹、汤、文王也。"后，君。众芳：喻群贤。
〔4〕杂：犹言"纷"，众多的意思。申：王逸《章句》："申，重也。"维：同"唯"，只。
〔5〕耿介：光明正大。道：正途，指治国的正道。
〔6〕猖披：狂乱放荡。夫：犹"彼"，代指桀纣。

乘骐骥以驰骋兮，来吾道夫先路！

惟夫党人之偷乐兮，	那些结党小人苟安享乐，
路幽昧以险隘[1]。	国家前途黑暗而有险阻。
岂余身之惮殃兮，	难道我害怕自己遭殃吗？
恐皇舆之败绩[2]。	只担心国家会为此覆没。
忽奔走以先后兮，	前前后后奔走王车左右，
及前王之踵武[3]。	希望你能赶上先王脚步。
荃不察余之中情兮，	你不了解我的一片忠心，
反信谗而齌怒[4]。	反而听信谗言发怒于我。
余固知謇謇之为患兮，	我本知道忠言会遭祸害，
忍而不能舍也[5]。	想要强忍却又忍耐不住。
指九天以为正兮，	让我手指苍天作为见证。
夫唯灵修之故也[6]。	一切一切都是为君王你。
初既与余成言兮，	想当初我与你已有成约，
后悔遁而有他[7]。	现在后悔当初又有打算。
余既不难夫离别兮，	我并不害怕与你分离啊，
伤灵修之数化[8]。	只是哀惋君王朝令夕改。
余既滋兰之九畹兮，	我已经培植了大片芝兰，
又树蕙之百亩[9]。	又种有蕙草达百亩之多。
畦留夷与揭车兮，	留夷和揭车一行又一行，
杂杜衡与芳芷[10]。	杜衡和芳芷套种在其间。

【注释】

〔1〕党人：指当时楚国结党营私的小人。偷乐：苟安享乐。

〔2〕惮：害怕。皇舆：帝王所乘的车，喻国家。

〔3〕武：足迹。

〔4〕荃（quán）：香草名，亦名"荪"，喻指楚怀王。齌

指九天以为正兮，夫唯灵修之故也。

余既滋兰之九畹兮，又树蕙之百亩。

（jì）怒：大怒。

〔5〕謇謇（jiǎn）：直言的样子。舍：止。

〔6〕九天：古说天有九层，故说九天。灵修：指楚怀王。

〔7〕成言：成约，彼此说定的话。遄：迁，改变。

〔8〕难：惮，怕。数化：屡次变化。

〔9〕滋：培植。畹（wǎn）：古代土地计量单位，等于三十亩。树：栽种。

〔10〕畦：《说文》："田五十亩曰畦。"这里作种植用。留夷：香草名，芍药。揭车：香草名。杜衡：香草名，俗称马蹄香。

冀枝叶之峻茂兮，	本希望枝叶浓密又繁茂，
愿竢时乎吾将刈[1]。	等到我将其收割后储藏。
虽萎绝其亦何伤兮，	花谢草枯死绝又有何伤，
哀众芳之芜秽[2]。	最痛心是它们中途变质。
众皆竞进以贪婪兮，	大家如此贪婪争先恐后，
凭不厌乎求索[3]。	利欲熏心而又欲壑难填。

羌内恕己以量人兮，	拿着私心去猜疑别人啊，
各兴心而嫉妒[4]。	他们勾心斗角相互妒忌。
忽驰骛以追逐兮，	急于奔走钻营追求私利，
非余心之所急[5]。	这不是我心中所追求的。
老冉冉其将至兮，	只是衰老渐渐地来临啊，
恐修名之不立[6]。	担心美好名声难以树立。

【注释】

[1]俟（sì）：同"俟"，等待。刈（yì）：割，收获。

[2]萎绝：枯萎凋落，这里比喻所培养的人被摧残。芜秽：本义指田地长满杂草，这里比喻所培养的人变节。

[3]众：指群小。凭：满，楚方言。厌：足。

[4]羌：楚方言，发语词。兴心：生心。

[5]驰骛（wù）：狂奔乱跑。

[6]冉冉：渐渐。

朝饮木兰之坠露兮，	我在早上喝春兰上露水，
夕餐秋菊之落英[1]。	晚上就用秋菊蓓蕾充饥。
苟余情其信姱以练要兮，	我只求内心真正芳洁啊，
长顑颔亦何伤[2]。	黄瘦憔悴又有什么关系。
擥木根以结茝兮，	用木兰的根来编结白芷，
贯薜荔之落蕊[3]。	再穿缀薜荔带露的花蕊。
矫菌桂以纫蕙兮，	拿着菌桂嫩枝串连蕙草，
索胡绳之纚纚[4]。	胡绳编织得是又长又美。
謇吾法夫前修兮，	我向古代圣贤效法学习，
非世俗之所服[5]。	并非世间俗人所穿所戴。
虽不周于今之人兮，	我虽与现在之人不相容，
愿依彭咸之遗则[6]！	却愿依照古代彭咸遗教！

【注释】

[1] 落英：坠落的花。一释为初生的花朵。

[2] 苟：只要。信：实在，确实。姱（kuā）：美好。练要：精要，精诚专一。顑颔（kǎn hàn）：因饥饿而面黄肌瘦的样子。

[3] 擥（lǎn）：同"揽"，持取。薜（bì）荔：香草名，蔓生，缘木石墙垣而生。蕊：花心。

[4] 矫：举起。纚（xǐ）纚：长而下垂的样子。

[5] 謇（jiǎn）：楚方言，发语词。服：用。

[6] 周：合。遗则：留下的法则、榜样。

长太息以掩涕兮，	我擦着眼泪低头长叹啊，
哀民生之多艰[1]。	可怜人生道路多么艰难。
余虽好修姱以鞿羁兮，	我只是爱修饰而能约束，
謇朝谇而夕替[2]。	早上被辱骂晚上又丢官。
既替余以蕙纕兮，	既毁坏我蕙草做的佩带，
又申之以揽茝[3]。	又加上我爱收集蕙兰。
亦余心之所善兮，	这是我衷心所爱的东西，
虽九死其犹未悔[4]！	就是身死九次也不后悔。
怨灵修之浩荡兮，	怪就怪君王竟如此糊涂，
终不察夫民心[5]。	始终不能体察别人心情。
众女嫉余之蛾眉兮，	女人们都妒忌我的秀美，
谣诼谓余以善淫[6]。	造谣诽谤说我妖艳好淫。

【注释】

[1] 太息：叹气。民生：人生，作者自谓。

[2] 修姱（kuā）：修洁美好。鞿羁：束缚，此指自己约束自己。鞿（jī），马缰绳。羁，马笼头。谇（suì）：谏。替：废弃。

[3] 蕙纕：以蕙草编缀的带子。纕（xiāng），佩带。申：

离骚

众女嫉余之蛾眉兮,谣诼谓余以善淫。

余虽好修姱以鞿羁兮,謇朝谇而夕替。

加上。

〔4〕九死:极言其后果严重。

〔5〕浩荡:本义是大水横流的样子,此喻怀王骄傲放纵。民心:人心。

〔6〕众女:指谗人。蛾眉:喻指美好的品德。谣诼(zhuó):楚方言,造谣诽谤。

固时俗之工巧兮,	俗人们本来就善于取巧,
偭规矩而改错[1]。	甚至可以背离方圆规矩。
背绳墨以追曲兮,	不看墨线而又追求邪曲,
竞周容以为度[2]。	争着苟合反而算是正道。
忳郁邑余侘傺兮,	既忧愁烦闷而失意不安,
吾独穷困乎此时也[3]。	孤零潦倒而又穷困艰难。
宁溘死以流亡兮,	宁愿暴死魂散尸横野外,
余不忍为此态也[4]!	坚决不能效法媚俗取巧。
鸷鸟之不群兮,	雄鹰与那燕雀不能同群,
自前世而固然[5]。	自古以来就是这般分明。
何方圜之能周兮,	方圆如何能够相互配合,

夫孰异道而相安^[6]？　　异路之人岂能彼此相安？

【注释】

〔1〕偭（miǎn）：违背。

〔2〕绳墨：工匠用以取直的工具，这里喻法度。周容：苟合取容。

〔3〕忳（tún）：忧愁，烦闷，副词，做"郁邑"的状语。侘傺（chà chì）：楚方言，不得意的样子。

〔4〕流亡：流荡出亡，这里指死后灵魂无所归依，到处漂泊游荡。

〔5〕鸷鸟：鹰隼一类性情刚猛的鸟。

〔6〕圜：同"圆"。

屈心而抑志兮，	委曲心志强抑胸中情感，
忍尤而攘诟^[1]。	忍受罪过而又遭受耻辱。
伏清白以死直兮，	保持清白死得光明正大，
固前圣之所厚^[2]！	这为历代圣贤众口称道！
悔相道之不察兮，	后悔当初不曾看清前途，
延伫乎吾将反^[3]。	迟疑了一阵我又将回头。
回朕车以复路兮，	掉转车头我走回原路啊，
及行迷之未远。	趁着迷途未远赶快罢休。
步余马于兰皋兮，	我打马在兰草水边行走，
驰椒丘且焉止息^[4]。	跑上椒木小山暂且停留。
进不入以离尤兮，	既然进谏不成反而获罪，
退将复修吾初服^[5]。	那就回来重缮当年旧服。

【注释】

〔1〕忍尤：忍受罪过。攘诟：遭到耻辱。攘，取。诟，耻辱。

离 骚

鸷鸟之不群兮,自前世而固然。

步余马于兰皋兮,驰椒丘且焉止息。

〔2〕伏:通"服",保持。厚:重视,嘉许。

〔3〕相(xiàng):看,观察。延伫(zhù):长久站立。

〔4〕皋(gāo):水边之地。兰皋,生有兰草的水边之地。焉:于此。

〔5〕进:指进仕。离:借作"罹",遭遇。修:打理、拾掇。初服:未入仕前的服饰,喻指自己原来的志趣。

制芰荷以为衣兮,	我要把菱叶裁剪成上衣,
集芙蓉以为裳[1]。	并用荷花把下裳来织就。
不吾知其亦已兮,	没有人了解我又有何妨,
苟余情其信芳[2]。	只要内心真正馥郁芳柔。
高余冠之岌岌兮,	我高耸的冠冕加得更高,
长余佩之陆离[3]。	我耀眼的佩带增得更长。
芳与泽其杂糅兮,	虽然芳洁污垢混杂一起,
唯昭质其犹未亏[4]。	只有纯洁品质不会腐朽。
忽反顾以游目兮,	我猛然回头纵目而远望,
将往观乎四荒[5]。	我将游观四面遥远地方。

佩缤纷其繁饰兮,　　　　　佩着五彩缤纷华丽装饰,
芳菲菲其弥章[6]。　　　　散发出阵阵浓郁的清香。

【注释】

〔1〕芰(jì):菱叶。荷:荷叶。芰荷,这里指荷叶。集:聚集。

〔2〕已:罢了,算了。信芳:真正芳洁。

〔3〕岌岌:高耸的样子。陆离:色彩光亮的样子。

〔4〕泽:汗衣,引申为污垢。昭质:光明纯洁的品质。

〔5〕游目:纵目眺望。四荒:四方极远之地。

〔6〕繁:众多。菲菲:香气浓郁。

民生各有所乐兮,　　　　每个人有各自的爱好啊,
余独好修以为常。　　　　我独爱好修饰习以为常。
虽体解吾犹未变兮,　　　即使粉身碎骨也不改变,
岂余心之可惩[1]?　　　 难道我的心可以被压服?
女媭之婵媛兮,　　　　　女媭对我牵挂而又关切,
申申其詈予[2]。　　　　 反反复复把我训斥责备。
曰鲧婞直以亡身兮,　　　她说鲧刚直且不顾性命,

制芰荷以为衣兮,集芙蓉以为裳。

女媭之婵媛兮,申申其詈予。

终然夭乎羽之野[3]。	结果被杀死在羽山荒野。
汝何博謇而好修兮,	你何必太爽直爱好修饰,
纷独有此姱节[4]。	还独有很多美好的节操。
薋菉葹以盈室兮,	满屋堆的都是普通花草,
判独离而不服[5]。	唯你与众不同不肯佩戴。

【注释】

〔1〕体解:肢解,古代一种酷刑,把人的四肢砍掉。惩(chéng):罚戒。

〔2〕女媭(xū):楚之女巫名。婵媛:眷恋牵挂。申申:反反复复。詈(lì):责备。

〔3〕鲧(gǔn):禹的父亲。婞(xìng)直:刚直。羽:羽山。

〔4〕謇:直言。姱(kuā)节:美好的节操。

〔5〕薋(cí):同"茨",积聚的意思。菉:王刍。葹:又叫枲耳。服:用,佩带。

众不可户说兮,	众人不可以一个个说明,
孰云察余之中情[1]?	谁会来详察我们的本心?

济沅湘以南征兮,就重华而陈词。

不顾难以图后兮,五子用失乎家巷。

世并举而好朋兮，	世人相互吹捧成群结伙，
夫何茕独而不予听^[2]。	为何你连我的话都不听。
依前圣以节中兮，	遵循先圣正道节制性情，
喟凭心而历兹^[3]。	愤懑心情至今不能平静。
济沅湘以南征兮，	渡过沅水湘水向南走去，
就重华而陈词^[4]。	我要对虞舜沉痛地陈词。
启《九辩》与《九歌》兮，	夏启偷得《九辩》和《九歌》啊，
夏康娱以自纵^[5]。	沉湎寻欢作乐放纵忘情。
不顾难以图后兮，	不居安思危预防后患，
五子用失乎家巷^[6]。	五位王公因此得以酿成内乱。

【注释】

〔1〕户：一个一个地。余：犹今言"咱们"，指女媭和屈原两人。

〔2〕并举：互相吹捧。茕（qióng）独：孤独的意思。无兄弟称茕，无子称独。

〔3〕节中：适中，不偏不过。凭：满。兹：此。

〔4〕济：渡过。重（chóng）华：舜名。

〔5〕启：夏启，禹的儿子。夏：指启，与上文启为互文。康娱：欢乐。

〔6〕不顾难：不顾后来的患难。五子：启的五个儿子。失：衍文。用乎，因而。家巷（hòng）：内乱。巷，通"哄"。

羿淫游以佚畋兮，	后羿爱好田猎纵情游乐，
又好射夫封狐^[1]。	特别喜欢射杀大狐狸。
固乱流其鲜终兮，	本来淫乱之徒少有善终，
浞又贪夫厥家^[2]。	寒浞杀羿又霸占其娇妻。
浇身被服强圉兮，	寒浇自恃身强而有力气，
纵欲而不忍^[3]。	放纵情欲不肯节制自己。

离 骚

日康娱而自忘兮,　　天天寻欢作乐忘掉自身,
厥首用夫颠陨[4]。　　因此他的脑袋终于落地。
夏桀之常违兮,　　　夏桀行为总是违背常理,
乃遂焉而逢殃[5]。　　终究难以逃避祸乱灾殃。
后辛之菹醢兮,　　　纣王把忠良剁成肉酱啊,
殷宗用而不长[6]。　　殷商天下因此难以久长。

【注释】

〔1〕淫、佚（yì）：都是过分的意思。畋：打猎。封狐：大狐狸。

〔2〕乱流：淫乱之流。鲜终：少有好的结局。浞（zhuó）：寒浞,羿宠信的相。厥：其。家：妻室。

〔3〕浇：寒浞的儿子。被服：穿戴,引申为具有、自恃。强圉（yǔ）：强壮多力。不忍：不能忍耐自制。

羿淫游以佚畋兮,又好射夫封狐。

〔4〕颠陨：坠落。

〔5〕常违："违常"的倒文,违背常道。遂：终。

〔6〕后辛：殷纣王,名辛。菹醢（zū hǎi）：古代酷刑,把人剁成肉酱。《史记·殷本纪》载：纣王醢梅伯。殷宗：殷代的宗祀,即殷王朝。

汤禹俨而祗敬兮,　　商汤夏禹庄重严肃恭敬,
周论道而莫差[1]。　　正确讲究道理还有文王。
举贤而授能兮,　　　他们都能选拔贤者能人,
循绳墨而不颇[2]。　　遵循规矩准则不差分毫。

皇天无私阿兮,	上天光明正大公正无私,
览民德焉错辅[3]。	见有德之人就给予扶持。
夫维圣哲以茂行兮,	只有圣哲德行高尚美好,
苟得用此下土[4]。	才能让他享有天下土地。
瞻前而顾后兮,	回顾历史啊再瞻望未来,
相观民之计极[5]。	观察人世最根本的规律。
夫孰非义而可用兮,	哪有不义的事可以去干,
孰非善而可服?	哪有不善的事应该担当?

【注释】

〔1〕汤禹:商汤,夏禹。俨:庄重严明。祗(zhī):敬畏。周:指周文王、武王。莫差:没有差错。

〔2〕颇:偏差。

〔3〕阿(ē):袒护,徇私。错辅:安排辅助,"错"通"措"。

〔4〕维:同"唯",只有。茂行:德行充盛。苟:乃,才。下土:天下。

〔5〕极:标准。这句话是说要观察人们对待衡量事物的标准。

阽余身而危死兮,	我虽然面临死亡的危险,
览余初其犹未悔[1]。	回想初衷我毫不后悔。
不量凿而正枘兮,	不度量凿眼就削正榫头,
固前修以菹醢[2]。"	前代贤人因此遭殃身死。
曾歔欷余郁邑兮,	我泣声不绝啊烦恼悲伤,
哀朕时之不当[3]。	哀叹自己未逢美好时光。
揽茹蕙以掩涕兮,	拔些柔软蕙草擦擦眼泪,
沾余襟之浪浪[4]。	热泪滚滚沾湿我的衣裳。
跪敷衽以陈辞兮,	衣襟铺地跪着慢吐衷肠,

耿吾既得此中正^[5]。　　我已求得正道心里亮堂。
驷玉虬以乘鹥兮，　　　　驾驭四条玉虬乘着凤车，
溘埃风余上征^[6]。　　飘忽离开尘世飞到天上。
朝发轫于苍梧兮，　　　　早晨开始启程离开苍梧，
夕余至乎县圃^[7]。　　傍晚就到达了昆仑山上。
欲少留此灵琐兮，　　　　我本想在灵琐停留片刻，
日忽忽其将暮^[8]。　　夕阳西下已经暮色苍茫。
吾令羲和弭节兮，　　　　我命令羲和停鞭慢行啊，
望崦嵫而勿迫^[9]。　　莫叫太阳迫近崦嵫山旁。
路曼曼其修远兮，　　　　前面的道路啊漫长遥远，
吾将上下而求索^[10]。 我将上上下下追求理想。

【注释】

〔1〕阽（diàn）：接近危险的意思。

〔2〕凿（záo）：安柄的孔。枘（ruì）：木柄。

〔3〕曾：同"增"，屡次。歔欷（xū xī）：哀泣声。时之不当：生不逢时。

〔4〕茹：柔软。浪浪：水流不止的样子，此指泪水滚滚

驷玉虬以乘鹥兮，溘埃风余上征。

饮余马于咸池兮，总余辔乎扶桑。

不断。

〔5〕敷:铺开。衽(rèn):衣襟。中正:不偏邪之正道。

〔6〕虬:无角的龙。鹥(yī):传说中凤一类的鸟。溘(kè):迅速。

〔7〕发轫:出发。轫,止住车轮转动的木头。县圃:神话中山名,在昆仑山顶。县,古"悬"字。

〔8〕灵琐:神灵居处的门窗,此指县圃之门。

〔9〕羲(xī)和:神话中太阳的驾车人。弭(mǐ)节:缓慢行驶。崦嵫(yān zī):神话中日落之处。

〔10〕曼曼:同"漫漫",遥远绵长的样子。

饮余马于咸池兮,	让我的马痛饮咸池琼浆,
总余辔乎扶桑[1]。	把马缰绳拴在扶桑树上。
折若木以拂日兮,	折下若木枝来挡住太阳,
聊逍遥以相羊[2]。	暂且自在地散步而闲逛。
前望舒使先驱兮,	叫望舒在前方作为先驱,
后飞廉使奔属[3]。	让风神在后面紧紧跟上。
鸾皇为余先戒兮,	鸾鸟凤凰为我在前戒备,
雷师告余以未具[4]。	雷神却说还没安排停当。
吾令凤鸟飞腾兮,	我命令凤凰展翅飞腾啊,
继之以日夜。	夜以继日不停飞翔兼程。
飘风屯其相离兮,	旋风结聚起来互相靠拢,
帅云霓而来御[5]。	它率领着云霓将我恭迎。

【注释】

〔1〕咸池:神话中池名,太阳洗浴的地方。总:系结。扶桑:神话中树名。

〔2〕若木:神话中树名,在昆仑山西极,太阳所入之处。拂日:蔽日,遮住日光。相羊:同"徜徉",即徘徊。

离 骚

[3] 望舒:神话中月神的驾车人。飞廉:风伯,风神。奔属(zhǔ):奔跑跟随。

[4] 先戒:先行警戒。未具:行装未准备齐全。

[5] 飘风:旋风。屯:聚。离:读作"丽",依附,附着。御:读作"迓",迎接。

前望舒使先驱兮,后飞廉使奔属。鸾皇为余先戒兮,雷师告余以未具。

纷总总其离合兮,斑陆离其上下[1]。
吾令帝阍开关兮,倚阊阖而望予[2]。
时暧暧其将罢兮,结幽兰而延伫[3]。
世溷浊而不分兮,好蔽美而嫉妒。
朝吾将济于白水兮,登阆风而绁马[4]。
忽反顾以流涕兮,哀高丘之无女。

云霓越聚越多忽离忽合,
五光十色上下变化万千。
我叫天帝门卫打开天门,
他却倚靠天门把我呆望。
日色渐渐昏暗时间已晚,
我编结着幽兰久久站立。
这个世界混浊善恶不分,
喜欢嫉妒别人抹煞所长。
清晨我将要渡过白水河,
登上阆风山把马儿系着。
忽然回头眺望不禁泪下,
伤心高丘竟然没有美女。

【注释】

[1] 总总:聚集的样子。离合:忽聚忽散,乍离乍合。陆离:五光十色。

朝吾将济于白水兮,登阆风而緤马。

吾令帝阍开关兮,倚阊阖而望予。

〔2〕帝阍(hūn):替天帝守门的神。关:门闩,这里代指门。阊阖(chāng hé):天门,楚人称门为阊阖。

〔3〕暧暧:昏暗的样子。罢:尽,一天将尽。延伫:久立。

〔4〕白水:神话中水名,源于昆仑山,饮后不死。阆(làng)风:神话中山名,在昆仑山顶。

溘吾游此春宫兮,	我飘忽地来到春宫一游,
折琼枝以继佩[1]。	折下玉树枝条增添佩饰。
及荣华之未落兮,	趁琼枝上花朵还未凋零,
相下女之可诒[2]。	到下界寻可馈赠之美女。
吾令丰隆乘云兮,	我命令云师把云车驾起,
求宓妃之所在[3]。	去寻找宓妃所在的居处。
解佩纕以结言兮,	解下佩带束好求婚书信,
吾令蹇修以为理[4]。	我请蹇修前去做我媒人。
纷总总其离合兮,	云霓纷纷簇集忽离忽合,
忽纬繣其难迁[5]。	很快知道事情乖戾难成。
夕归次于穷石兮,	晚上宓妃回到穷石住宿,
朝濯发乎洧盘[6]。	清晨来到洧盘洗濯头发。

离 骚

【注释】

〔1〕春宫:东方青帝所居之宫。琼枝:玉树枝。继佩:增添佩饰。

〔2〕荣华:花。草本花称荣,木本花称华。下女:下界的美女。诒:通"贻",赠送。

〔3〕丰隆:神话中的人物。云神。一说雷神。宓(fú)妃:相传为伏羲氏之女,溺死于洛水,遂成为洛水女神。

〔4〕佩纕(xiāng):佩带。结言:订盟约。蹇修:王逸《章句》:"伏羲氏之臣也。"恐非。当也如下文的"灵氛""巫咸"一样,是作者虚拟的人物。

〔5〕纬繣(huà):乖戾。难迁:难以改变。

〔6〕次:停留,住宿。穷石:神话中山名,相传为后羿所居之处。这句是说宓妃与后羿淫乱。濯(zhuó):洗涤。洧(wěi)盘:神话中水名,源于崦嵫山。

保厥美以骄傲兮,	宓妃仗着貌美骄傲自大,
日康娱以淫游。	成天在外放荡寻欢作乐。
虽信美而无礼兮,	她虽然美丽但太无礼节,

溘吾游此春宫兮,
折琼枝以继佩。
及荣华之未落兮,
相下女之可诒。

吾令丰隆乘云兮,
求宓妃之所在。
解佩纕以结言兮,
吾令蹇修以为理。

来违弃而改求[1]。	算了吧放弃她另外寻找。
览相观于四极兮,	我在天上观察四方八极,
周流乎天余乃下。	周游一遍后我从天而降。
望瑶台之偃蹇兮,	遥望华丽巍峨的玉台啊,
见有娀之佚女[2]。	看见台上有娀氏的美女。
吾令鸩为媒兮,	我请鸩鸟前去帮我做媒,
鸩告余以不好[3]。	鸩鸟撒谎说那美女不好。
雄鸠之鸣逝兮,	雄鸠叫唤着飞去说媒啊,
余犹恶其佻巧[4]。	我又讨厌它的诡诈轻佻。

【注释】

[1]改求:另求其他女子。

[2]偃(yǎn)蹇:高耸的样子。有娀:传说中的一个部落名。佚女:美女。传说有娀氏有两个女儿,很美,住在瑶台上,其中一个名叫简狄,后来嫁给帝喾,生契。

[3]鸩(zhèn):鸟名,羽有毒,置于酒中,饮之立死。

[4]佻(tiāo)巧:轻佻不实。

心犹豫而狐疑兮,	我心中犹豫而疑惑不定,
欲自适而不可[1]。	想自己去吧又不合礼数。
凤皇既受诒兮,	凤凰已接受托付的聘礼,
恐高辛之先我[2]。	恐怕高辛赶在我前面了。
欲远集而无所止兮,	想到远方去又无处安居,
聊浮游以逍遥[3]。	只好四处游荡流浪逍遥。
及少康之未家兮,	趁着少康还未结婚成家,
留有虞之二姚[4]。	还留着有虞国两位阿娇。
理弱而媒拙兮,	媒人无能没有伶牙俐齿,

恐导言之不固[5]。	恐怕不能传达我的深情。
世溷浊而嫉贤兮,	世间混乱污浊嫉贤妒能,
好蔽美而称恶。	喜欢隐人善处扬人恶声。

【注释】

〔1〕犹豫而狐疑:疑惑不决。自适:自往。

〔2〕凤皇:指玄鸟。相传简狄吃了玄鸟的卵而生契。受诒(yí):受帝喾的委托。高辛:帝喾的别号。

〔3〕远集:到远方去栖息。

〔4〕少康:夏代中兴的国君。有虞:传说中上古国名,舜的后裔,姚姓。二姚:有虞国君的两个女儿。传说少康亡命有虞国时,有虞国君把两个女儿嫁给了他。后来少康灭浇,恢复了夏的政权。

〔5〕导言:指媒人传达双方的话。

闺中既以邃远兮,	闺中美女既然难以接近,
哲王又不寤[1]。	贤智君王又长睡不觉醒。
怀朕情而不发兮,	满腔忠贞激情无处倾诉,
余焉能忍与此终古[2]!	我怎么能忍耐了此一生!
索藑茅以筳篿兮,	找来灵草和细竹片算命,
命灵氛为余占之[3]。	请求神巫灵氛为我占卜。
曰两美其必合兮,	他说双方美好必将结合,
孰信修而慕之[4]?	看谁真正好修必然爱慕。
思九州之博大兮,	想到天下多么辽阔广大,
岂唯是其有女?	难道只有这里才有娇女?
曰勉远逝而无狐疑兮,	劝你远走高飞不要迟疑,
孰求美而释女?	谁寻求美人会把你放弃?

楚 辞

望瑶台之偃蹇兮,见有娀之佚女。

索藑茅以筳篿兮,命灵氛为余占之。

【注释】

〔1〕邃(suì):远。哲王:贤智的君王,指楚怀王。寤(wù):醒悟。

〔2〕终古:永远。

〔3〕藑(qióng)茅:一种可用于占卜的草。筳(tíng):小竹片。篿(zhuān):用草和竹片占卦。灵氛:屈原虚拟的巫名。

〔4〕两美:双方美好。信修:确实美好。

何所独无芳草兮,	世间什么地方没有芳草,
尔何怀乎故宇[1]?	你又何必苦苦怀恋故地?
世幽昧以昡曜兮,	世道黑暗使人迷惑混乱,
孰云察余之善恶[2]?	谁又了解我们的善恶?
民好恶其不同兮,	天下人们固然各有所爱,
惟此党人其独异[3]。	只是这里小人更加古怪。
户服艾以盈要兮,	人人都把艾草挂满腰间,
谓幽兰其不可佩[4]。	反而说幽兰不可以佩戴。
览察草木其犹未得兮,	对草木好坏还分辨不清,
岂珵美之能当[5]?	怎么能够正确评价玉器?

苏粪壤以充帏兮，	用粪土塞满自己的香袋，
谓申椒其不芳[6]。	反说佩的申椒没有香气。

【注释】

〔1〕故宇：故居，这里指楚国。

〔2〕眩曜：迷乱；迷惑。

〔3〕民：人。

〔4〕艾：白蒿。要：古"腰"字。

〔5〕珵（chéng）：美玉。当：估价。

〔6〕苏：取。帏：香袋。

欲从灵氛之吉占兮，	想听从灵氛占卜的吉卦，
心犹豫而狐疑。	心里犹豫迟疑忐忑不定。
巫咸将夕降兮，	听说巫咸今晚将要降临，
怀椒糈而要之[1]。	我带着花椒精米邀请他。
百神翳其备降兮，	诸神遮天蔽日齐降共临，
九疑缤其并迎[2]。	九嶷山的众神纷纷相迎。
皇剡剡其扬灵兮，	他们灵光闪闪显示神灵，
告余以吉故[3]。	巫咸又告诉我不少佳话。
曰勉升降以上下兮，	他说应该努力上天下地，
求矩矱之所同[4]。	按照天度寻求意气同道。
汤禹严而求合兮，	汤禹严格而且虚心求贤，
挚咎繇而能调[5]。	伊尹皋陶君臣能够协调。

【注释】

〔1〕巫咸：屈原虚拟的巫名。降：从天而降。怀：揣在怀里。糈（xǔ）：精米。这里椒、糈都是祭神的用物。

〔2〕翳（yì）：遮蔽。

〔3〕皇：同"煌"，光明。剡剡（yǎn）：闪闪发光的样

百神翳其备降兮,九疑缤其并迎。

说操筑于傅岩兮,武丁用而不疑。

子。吉故:过去的吉祥事。

〔4〕矩:量方的工具。矱(huò):量长度的工具。矩矱,喻指法度。

〔5〕求合:寻求志同道合的人。挚(zhì):伊尹,名挚,汤之贤臣。咎繇(gāo yáo):皋陶,禹之贤臣。

苟中情其好修兮,	只要内心善良爱好修洁,
又何必用夫行媒?	又何必一定要使臣介绍?
说操筑于傅岩兮,	傅说拿木杵在傅岩筑墙,
武丁用而不疑[1]。	武丁重用他也毫不动摇。
吕望之鼓刀兮,	姜太公曾经摆弄过屠刀,
遭周文而得举[2]。	遇到周文王就不再潦倒。
宁戚之讴歌兮,	宁戚喂牛敲着牛角歌唱,
齐桓闻以该辅[3]。	齐桓公听出抱负任大夫。
及年岁之未晏兮,	趁现在年轻还未衰老啊,
时亦犹其未央[4]。	施展才能还有大好时光。
恐鹈鴂之先鸣兮,	当心杜鹃鸟叫得太早啊,
使夫百草为之不芳[5]。	使得百草因此芳尽香消。

宁戚之讴歌兮,齐桓闻以该辅。

恐鹈䳷之先鸣兮,使夫百草为之不芳。

【注释】

〔1〕说(yuè):傅说,殷高宗时贤臣。筑:打墙捣土用的木杵。武丁:殷高宗名。

〔2〕吕望:太公姜尚。鼓刀:鸣刀,钢(gàng)刀。周文:周文王姬昌。

〔3〕宁戚:春秋卫国人。齐桓:齐桓公。

〔4〕晏:晚。犹其:当作"其犹"。未央:未尽。

〔5〕鹈䳷(tí jué):鸟名,杜鹃。不芳:香气消散。

何琼佩之偃蹇兮,	为什么美好出众的琼佩,
众薆然而蔽之[1]。	人们却要掩盖它的光辉。
惟此党人之不谅兮,	想到这些小人不讲信义,
恐嫉妒而折之[2]。	恐怕出于嫉妒把它摧毁。
时缤纷其变易兮,	时世纷乱而世态易变啊,
又何可以淹留。	我怎能在这里久久流连。
兰芷变而不芳兮,	兰草和芷草失掉了芬芳,

荃蕙化而为茅。	荃草和蕙草也变成茅莠。
何昔日之芳草兮，	为什么往日的香花芳草，
今直为此萧艾也[3]。	今天全都成为荒蒿野艾。
岂其有他故兮？	难道还有别的什么理由？
莫好修之害也。	是不爱修洁造成的祸害。

【注释】

〔1〕琼佩：玉佩。偃蹇：高耸的样子。众：指党人。薆（ài）：遮蔽。

〔2〕谅：诚信。恐：读作"共"。

〔3〕萧艾：萧和艾，都是草名。

余以兰为可恃兮，	我还以为兰草最可依靠，
羌无实而容长[1]。	谁知华而不实虚有其表。
委厥美以从俗兮，	兰草抛弃美质随从时俗，
苟得列乎众芳。	勉强名列众芳辱没香草。
椒专佞以慢慆兮，	花椒专横谄媚十分傲慢，
榝又欲充夫佩帏[2]。	茱萸想进香袋冒充香草。
既干进而务入兮，	既然贪图攀缘热心钻营，
又何芳之能祗[3]。	又有什么香草重吐芳馨。
固时俗之流从兮，	本来世态习俗随波逐流，
又孰能无变化？	又还有谁能够意志坚定？
览椒兰其若兹兮，	看香椒兰草也竟然如此，
又况揭车与江离。	何况揭车江离能不变心。

【注释】

〔1〕羌：发语词。容长：外表好看。

〔2〕椒：喻指当时有才而变节的人。专佞：专横谄谀。慢

慆（tāo）：傲慢狂妄。榝（shā）：茱萸一类的草，外形像椒而不香。

〔3〕干进而务入：钻营求进。干，求。祗（zhī）：尊敬，爱护。

惟兹佩之可贵兮，	只有我的佩饰可珍可贵，
委厥美而历兹。	守美质咏美德直到如今。
芳菲菲而难亏兮，	浓郁的香气难以消散啊，
芬至今犹未沬[1]。	至今芳馨还是沁人心脾。
和调度以自娱兮，	我调度和谐又自我欢娱，
聊浮游而求女[2]。	姑且飘游四方寻求美女。
及余饰之方壮兮，	趁着我的佩饰还很盛美，
周流观乎上下[3]。	到天地四方去周游观访。
灵氛既告余以吉占兮，	灵氛已告诉我占得吉卦，
历吉日乎吾将行[4]。	选个好日子我出走远方。
折琼枝以为羞兮，	折下玉树枝叶作为美食，
精琼爢以为粻[5]。	我把美玉捣碎作为干粮。

【注释】

〔1〕沬（mèi）：泯灭，消散。

〔2〕和：节奏和谐。调：格调。度：法度。

〔3〕方壮：正盛。

〔4〕历：选择。

〔5〕羞：同"馐"，指精美的菜肴。精：捣碎。琼爢（mí）：玉屑。粻（zhāng）：干粮。

折琼枝以为羞兮，精琼爢以为粻。

为余驾飞龙兮,
杂瑶象以为车[1]。
何离心之可同兮,
吾将远逝以自疏。
邅吾道夫昆仑兮,
路修远以周流[2]。
扬云霓之晻蔼兮,
鸣玉鸾之啾啾[3]。
朝发轫于天津兮,
夕余至乎西极[4]。
凤皇翼其承旂兮,
高翱翔之翼翼[5]。

给我驾车啊用飞龙为马,
车上装饰着美玉和象牙。
彼此不同心如何在一起,
我将去远游主动离开他。
我把行程转向西方昆仑,
路途遥遥继续周游观察。
云霞虹霓飞扬遮天蔽日,
车上玉铃错杂铿锵和鸣。
清晨从天河的渡口出发,
傍晚到达了西天的尽头。
凤凰展翅承托着旌旗啊,
高飞在天上多和谐自由。

【注释】

[1]象:象牙。

[2]邅(zhān):掉转,楚方言。

[3]晻蔼(ǎn ǎi):日光被遮蔽而昏暗的样子。玉鸾:玉铃,形如鸾鸟。啾啾:铃声。

[4]天津:银河渡口。西极:西方的尽头。

[5]承:举。旂(qí):画有蛟龙的旗。翼翼:整齐的样子。

为余驾飞龙兮,杂瑶象以为车。

忽吾行此流沙兮,
遵赤水而容与[1]。
麾蛟龙使梁津兮,

忽然我来到这流沙地段,
沿着赤水从容缓缓行进。
指挥蛟龙在渡口上架桥,

诏西皇使涉予[2]。	命令西皇将我渡过河流。
路修远以多艰兮,	行程多么遥远天路艰险
腾众车使径待[3]。	我传令众车侍候在路旁。
路不周以左转兮,	经过不周山向左转去啊,
指西海以为期[4]。	浩瀚的西海才是目的地。
屯余车其千乘兮,	我再把成千辆车子聚集,
齐玉轪而并驰[5]。	对齐玉轮转动并驾齐驱。
驾八龙之婉婉兮,	驾车的八龙蜿蜒地前进,
载云旗之委蛇[6]。	载着云霓旗帜随风卷曲。

【注释】

[1] 流沙:沙漠。容与:徘徊。

[2] 麾:指挥。梁:作动词用,架桥。西皇:古帝王少皞氏。

[3] 腾:传令。径待:在路边侍卫。待,当作"侍"。

[4] 路:经过。不周:不周山,神话中山名,在昆仑西北,山有缺口,故称不周。西海:传说中西方极远处的海。期:目的地。

[5] 屯:聚。轪(dài):车毂端的帽盖。

[6] 婉婉:一曲一伸的样子。载:插在车上。委蛇(yí):迎风舒展的样子。

抑志而弭节兮,	定下心来啊慢慢地前行,
神高驰之邈邈[1]。	难控制飞得远远的思绪。
奏《九歌》而舞《韶》兮,	演奏着《九歌》跳起《韶》舞啊,
聊假日以婾乐[2]。	且借大好时光及时行乐。
陟升皇之赫戏兮,	刚刚登上灿烂的天国啊,
忽临睨夫旧乡[3]。	忽然看见我生长的故乡。
仆夫悲余马怀兮,	我的仆从悲伤马也怀念,

蜷局顾而不行[4]。　　退缩回头不肯走向前方。
乱曰：已矣哉！　　　尾声：算了吧！
国无人莫我知兮，　　国内既然没人理解我啊，
又何怀乎故都[5]？　　又何必对故乡恋恋不舍？
既莫足与为美政兮，　　既然没人能与我推行美政，
吾将从彭咸之所居[6]！　我将要独自去追随彭咸！

【注释】

〔1〕志：心。弭（mǐ）节：缓慢前行。邈邈：遥远的样子。

〔2〕韶：九韶，传说为舜时的舞乐。假日：借此机会。媮（yú）：同"愉"。

〔3〕陟升：登上。皇：太阳。赫戏：光明的样子。睨（nì）：旁视。

〔4〕马怀：马伤心。蜷局：蜷曲不伸。

〔5〕乱：乐曲的卒章称乱，也就是尾声的意思。无人：指无贤人。故都：国都。

〔6〕美政：指屈原的政治理想和主张。从彭咸之所居：从彭咸于地下的意思。

驾八龙之蜿蜿兮，载云旗之委蛇。奏《九歌》而舞《韶》兮，聊假日以媮乐。

陟升皇之赫戏兮，忽临睨夫旧乡。

九 歌

屈 原

【题解】

这是一首"情致缥缈""玲珑剔透"的祀神乐歌,其名传自夏代,传说是夏启从天帝那儿偷来的"天乐",实际上可能是夏王朝祭祀天地诸神的祭歌。夏王朝覆亡后,它便失去了王朝礼典用乐的地位。在沅湘民间流传中,这首乐歌既保存了原先祭祀的部分内容,又掺入了民间祭祀的基本内容,形成了其"非典非俗"的特点。屈原被放逐到沅湘一带,可能参加过民间的这类祭祀活动,并因原先的祭祀歌过于"鄙陋",特为重新改写,这便是现在的楚辞《九歌》。

从《九歌》的内容和形式看,似已具祀神歌舞剧的雏形。《九歌》中扮神的巫、觋,在宗教仪式、人神关系的纱幕下,表演着人世间男女恋爱的活剧。这种男女感情的抒发,是很复杂曲折的:有思慕,有猜疑,有欢乐,有悲痛,有哀怨。

这些鬼神的形象是很美的,有强烈的艺术魅力。作者同神站在平等的地位上,自由而真挚地描写他们的恋爱生活,表现他们美好的内心、丰富的感情以及像人一样的喜怒哀乐。因此,作品充满了浪漫主义的气息,优美丰富的想象,庄严富丽、曲折哀婉的情调,五彩缤纷的画面,活泼流畅的节奏,语言精美,韵味隽永，有一种深切感人的力量。

东皇太一

【题解】

这是楚人祭祀天神中最尊贵的神——东皇太一的祭歌。

吉日兮辰良，	吉祥日子好时光，
穆将愉兮上皇[1]。	恭恭敬敬祭上皇。
抚长剑兮玉珥，	玉镶宝剑手按抚，
璆锵鸣兮琳琅[2]。	全身佩玉响叮当。

【注释】

〔1〕上皇：指东皇太一。
〔2〕珥：耳饰，此指古代剑柄的顶端部分，又称剑镡、剑鼻子。璆锵（qiú qiāng）：佩玉撞击的声音。

瑶席兮玉瑱，	瑶席四角玉镇压，
盍将把兮琼芳[1]。	鲜花供在神座旁。
蕙肴蒸兮兰藉，	蕙草包肉兰叶垫，
奠桂酒兮椒浆[2]。	献上桂酒椒子汤。
扬枹兮拊鼓，	高举鼓槌猛击鼓，
疏缓节兮安歌，	轻歌曼舞节拍疏，
陈竽瑟兮浩倡[3]。	吹竽鼓瑟歌声扬。
灵偃蹇兮姣服，	华服巫女翩跹舞，
芳菲菲兮满堂[4]。	芳香馥郁飘满堂。
五音纷兮繁会，	五音交鸣齐奏乐，
君欣欣兮乐康[5]。	东皇太一喜洋洋。

九 歌

【注释】

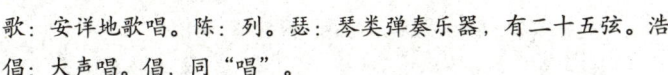
东皇太一

〔1〕瑶：美玉名，这里形容坐席质地精美。一说为"藚"的假借字，香草名，藚席，用藚草编织的座席。盍（hé）：发语词。将：举。

〔2〕肴蒸：祭祀用的肉。藉：衬垫。

〔3〕枹（fú）：鼓槌。拊（fǔ）：击。安歌：安详地歌唱。陈：列。瑟：琴类弹奏乐器，有二十五弦。浩倡：大声唱。倡，同"唱"。

〔4〕灵：楚辞中"灵"或指神，或指巫。偃蹇（yǎn jiǎn）：舞貌，谓舞姿袅娜。

〔5〕五音：指宫、商、角、徵、羽五种音阶。繁会：音调繁多，交响合奏。

云中君

【题解】

这是祭祀云神的乐歌。

浴兰汤兮沐芳，	沐浴兰汤满身香，
华采衣兮若英[1]。	穿上华丽花衣裳。
灵连蜷兮既留，	喜看云神停云端，
烂昭昭兮未央[2]。	神光灿烂正盛旺。
蹇将憺兮寿宫，	安居云间之殿堂，

与日月兮齐光[3]。	可与日月争光芒。
龙驾兮帝服,	驾龙车穿五彩衣,
聊翱游兮周章[4]。	天上翱翔游四方。
灵皇皇兮既降,	神光闪闪从天降,
猋远举兮云中[5]。	忽又疾飞返云端。
览冀州兮有余,	高瞻远瞩超九州,
横四海兮焉穷[6]。	恩泽四海功无量。
思夫君兮太息,	思念神君声叹息,
极劳心兮忡忡[7]。	忧心忡忡神黯伤。

【注释】

〔1〕华采：彩色华丽。若英：像花朵一样。

〔2〕灵：指云中君。连蜷（quán）：身姿矫健美好的样子。烂昭昭：光明灿烂的样子。

〔3〕謇（jiǎn）：发语词。憺（dàn）：安居。

〔4〕龙驾：龙车。此指驾龙车。帝服：指五方帝之服，言服有青黄赤白黑之五彩。周章：王逸《楚辞章句》，犹周流也。言云神居无常处，动则翱翔，周流往来且游戏也。

〔5〕皇皇：同"煌煌"，光明灿烂的样子。降：指云神降落到人间。猋（biāo）：疾速。举：高飞。

〔6〕览：看。冀州：古代中国分为冀、兖、青、徐、扬、荆、豫、梁、雍九州，冀州为九州之首，因以代指全中国。

〔7〕君：指云中君。

云中君

九 歌

湘 君

【题解】

《湘君》与下篇《湘夫人》同是祭祀湘水神的乐歌。

君不行兮夷犹,	湘君你犹豫不前为哪桩?
蹇谁留兮中洲[1]?	谁把你留在洲中使我想?
美要眇兮宜修,	修饰好美丽容貌来接你,
沛吾乘兮桂舟[2]。	我乘上桂木舟疾速行驶。
令沅湘兮无波,	我不准沅江湘江兴风浪,
使江水兮安流[3]。	令长江平平静静向前淌。
望夫君兮未来,	盼望你啊为什么总不来,
吹参差兮谁思[4]?	吹排箫啊你说我把谁想?

【注释】

〔1〕君:湘君。夷犹:犹豫不前的样子。蹇(jiǎn):发语词。中洲:水中小块陆地。

〔2〕要眇(yāo miǎo):美好貌。宜修:修饰打扮恰到好处。沛:水势大而急的样子,这里指船行疾速。吾:湘夫人自指。

〔3〕江水:指长江。

〔4〕参差(cēn cī):排箫,相传为舜造,其状如凤翼之参差不齐,故名参差。

湘君、湘夫人

驾飞龙兮北征, 我驾着飞快龙舟往北行,
邅吾道兮洞庭[1]。 我掉转船头又驶向洞庭。
薜荔柏兮蕙绸, 薜荔做帘子蕙草做幕帐,
荪桡兮兰旌[2]。 兰草饰旌旗荪草饰船桨。
望涔阳兮极浦, 眺望涔阳浦口遥远地方,
横大江兮扬灵[3]。 飞舟横渡大江神采飞扬。
扬灵兮未极, 心盼望神远驰永无尽头,
女婵媛兮为余太息[4]。 侍女声声叹息为我悲伤。
横流涕兮潺湲, 止不住滚滚热泪腮边淌,
隐思君兮陫侧[5]。 暗暗地思念你啊愁断肠。

【注释】

〔1〕邅（zhān）：转弯。

〔2〕薜荔（bì lì）：一种蔓生的常绿灌木。绸：帐子。蕙绸，用香蕙织成的帐子。荪：香草名。桡（ráo）：船桨。荪桡（sūn ráo），用香荪装饰船桨。兰旌（jīng）：用香兰装饰旗帜。

〔3〕涔（cén）阳：地名，在涔水北岸，今湖南省澧县有涔阳浦。极浦：遥远的水边。扬灵：指扬帆前进。

〔4〕极：终极，引申为到达。婵媛（chán yuán）：心内牵挂，十分关心的样子。

〔5〕潺湲（chán yuán）：水不停流动的样子，这里形容流泪之貌。隐：忧痛。陫侧（fěi cè）：忧思伤心的样子。

桂櫂兮兰枻, 桂木为桨啊木兰为船舷,
斲冰兮积雪[1]。 激起层层浪花向前飞驰。
采薜荔兮水中, 迎湘君好像水中采薜荔,
搴芙蓉兮木末[2]！ 又好比上树梢攀摘荷花！

九 歌

心不同兮媒劳，	两人啊心儿不同媒徒劳，
恩不甚兮轻绝[3]！	彼此间恩爱不深易轻抛！
石濑兮浅浅，	沙石间的流水啊浅又浅，
飞龙兮翩翩[4]。	水上行驶的龙舟快如飞。
交不忠兮怨长，	相交不忠贞怨恨必然深，
期不信兮告余以不闲[5]。	不守时失约还说没空闲。
鼌骋骛兮江皋，	清晨我奔波江岸不辞劳，
夕弭节兮北渚[6]。	傍晚啊停宿小岛心烦躁。
鸟次兮屋上，	一群小鸟栖息在屋檐下，
水周兮堂下[7]。	淙淙流水环绕在台阶前。
捐余玦兮江中，	我要把玉玦抛到江里去，
遗余佩兮醴浦[8]。	我要把琼琚丢在澧水旁。
采芳洲兮杜若，	我采摘香花香草香岛上，
将以遗兮下女[9]。	准备送给她身边的侍女。
时不可兮再得，	良辰美景从此一去不返，
聊逍遥兮容与[10]。	我且自由自在漫步散心。

【注释】

〔1〕棹（zhào）：船桨。兰：木兰。枻（yì）：船舷。斫（zhuó）：凿。斫冰积雪，言船破浪飞驰，激起的浪花如堆堆积雪。

〔2〕搴（qiān）：拔。木末：树梢。薜荔长于陆地，芙蓉生在水中，采薜荔于水中，搴芙蓉于木末，犹缘木求鱼，必然一无所得，比喻求爱的困难。

〔3〕媒劳：媒人徒劳无用。恩不甚：指男女双方感情不深。

〔4〕石濑（lài）：沙石间的流水。

〔5〕交不忠：交朋友却不忠诚。怨长：产生的怨恨多。期：约会。

〔6〕鼌：通"朝"，清晨。骋骛（chěng wù）：急速奔走。江皋（gāo）：江边高地。弭（mǐ）节：指停船。弭，止。节，指行车之节度。北渚（zhǔ）：江北的小洲。

〔7〕次：栖宿。

〔8〕捐：抛弃。玦（jué）：圆形而有缺口的佩玉。玦与"决"同音，有表示决断、决绝之义。遗：抛弃。醴：同"澧"，即澧水，在今湖南省，流入洞庭湖。

〔9〕杜若：香草名。遗（wèi）：赠送。下女：湘夫人的侍女。捐玦遗佩，是为了表示决绝，但爱情难断，故又采杜若以寄情。

〔10〕逍遥：缓慢不前的样子。容与：义与"逍遥"接近。

湘夫人

【题解】

《湘夫人》以湘君的口气表现这位湘水男神对湘夫人的怀恋，表现了他对爱情的忠贞。

帝子降兮北渚，	湘夫人降临北洲，
目眇眇兮愁予〔1〕。	望眼欲穿心忧伤。
嫋嫋兮秋风，	秋风徐徐天气凉，
洞庭波兮木叶下〔2〕。	洞庭波漾叶枯落。
登白薠兮骋望，	踩着白薠目远望，
与佳期兮夕张〔3〕。	约会就在今晚上。
鸟何萃兮蘋中？	为何山鸟聚水草？
罾何为兮木上〔4〕？	为何渔网挂树梢？
沅有茝兮醴有兰，	沅有芷草澧有兰，
思公子兮未敢言〔5〕。	心想夫人口难开。

九 歌

荒忽兮远望，	神思迷惘向远望，
观流水兮潺湲[6]。	只见流水慢慢淌。
麋何食兮庭中？	为何麋鹿院寻食？
蛟何为兮水裔[7]？	为何蛟龙戏河岸？
朝驰余马兮江皋，	清晨打马于江边，
夕济兮西澨[8]。	傍晚渡到江西岸。
闻佳人兮召予，	听说夫人来相召，
将腾驾兮偕逝[9]。	我将驾车同前往。

【注释】

[1]帝子：湘君称湘夫人之词，因为湘夫人是帝尧的女儿，所以称为帝子。眇眇（miǎo）：极目远望的样子。

[2]嫋嫋（niǎo）：长弱貌，这里形容秋风微弱。

[3]白蘋（fán）：一种秋天生长的小草，湖泽岸边多有之。登白蘋：登上长着白蘋的地方。夕张：指傍晚时摆设好会用的物品。张：陈设。

[4]萃（cuì）：聚集。罾：（zēng）：渔网。此言鸟为什么聚集水草上，渔网为什么挂在树上。

[5]醴：同"澧"，指澧水。公子：同帝子，指湘夫人。

[6]荒忽：同"恍惚"，模糊不清。

[7]麋（mí）：麋鹿。庭中：庭院里。水裔：水边。裔，本义衣下摆，引申为边。

[8]澨（shì）：水边。

[9]腾驾：飞快地驾车。偕（xié）逝：一同前往。

筑室兮水中，	宫殿建筑在水中，
葺之兮荷盖[1]。	荷叶盖在屋顶上。
荪壁兮紫坛，	荪草墙壁紫贝院，

匿芳椒兮成堂[2]。	四壁涂椒做厅堂。
桂栋兮兰橑,	木兰做椽桂做梁,
辛夷楣兮药房[3]。	辛夷做门白芷房。
罔薜荔兮为帷,	薜荔编成大帐幔,
擗蕙櫋兮既张[4]。	拉上香蕙草隔扇。
白玉兮为镇,	白玉压席镇四角,
疏石兰兮为芳[5]。	陈设石兰一片香。
芷葺兮荷屋,	荷叶屋顶盖香芷,
缭之兮杜衡[6]。	芬芳杜衡绕房屋。
合百草兮实庭,	各种香草充庭院,
建芳馨兮庑门[7]。	各色香花列门前。
九嶷缤兮并迎,	九嶷众神纷纷降,
灵之来兮如云[8]。	为迎夫人神如云。
捐余袂兮江中,	我把外衣抛江中,
遗余褋兮澧浦[9]。	内衣丢在澧水旁。
搴汀洲兮杜若,	我摘香花小洲上,
将以遗兮远者[10]。	送给远方好姑娘。
时不可兮骤得,	良辰美景不再有,
聊逍遥兮容与[11]。	暂且自由度时光。

【注释】

〔1〕葺(qì):原指用茅草盖房屋,此指盖房屋。荷盖:用荷叶覆盖屋顶。

〔2〕荪(sūn)壁:用荪草装饰墙壁。荪,香草名。紫坛:以紫贝铺砌庭院。紫,指紫贝。坛,中庭,楚人谓中庭为坛。

〔3〕桂栋:用桂木做正梁。栋,脊檩,正梁。兰橑(liáo):用木兰做屋橑。橑,屋橡。辛夷:香木名。药房:用白芷装饰卧室。药,即白芷。

〔4〕罔:同"网",编结。擗(pǐ):析开。櫋(mián):旧注为屋联,即今室中之隔扇。既张:已经陈设好了。

〔5〕镇:压坐席的器具。疏:疏散,陈列。

〔6〕芷:白芷,香草。杜衡:香草名。

〔7〕建:陈列,设置。芳馨(xīn):芳香之物。馨,散布很远的香气。庑(wǔ):走廊。庑门:指庑与门。

〔8〕九嶷(yí):九嶷山,又名苍梧山。这里的九嶷,指居住在九嶷山的众神。

〔9〕袂(mèi):王逸《楚辞章句》"衣袖也"。褋(dié):禅衣,指贴身穿的汗衫。

〔10〕搴(qiān):拔取。汀(tīng)洲:水中平地。远者:远方之人,指湘夫人。

〔11〕骤得:一下子得到。

大司命

【题解】

大司命是掌管人类寿夭、生死的天神。本篇由男巫扮神,女巫伴唱。

广开兮天门,	(男)快把天门大大开,
纷吾乘兮玄云〔1〕。	我要乘乌云下来。
令飘风兮先驱,	命令旋风作先导,
使涷雨兮洒尘〔2〕。	命令暴雨除尘埃。
君迴翔兮以下,	(女)你盘旋降临下界,
逾空桑兮从女〔3〕。	我越过空桑跟随。
纷总总兮九州,	(男)九州人众千千万,
何寿夭兮在予〔4〕。	他们寿夭我主宰。
高飞兮安翔,	(女)高高地安闲飞翔,

乘清气兮御阴阳[5]。	乘清气驾驭阴阳。
吾与君兮齐速,	我和你恭迎上帝,
导帝之兮九坑[6]。	带之灵威来世上。
灵衣兮被被,	（男）身上神衣徐徐飘,
玉佩兮陆离[7]。	腰间玉佩闪光亮。
壹阴兮壹阳,	灵光忽隐又忽现,
众莫知兮余所为[8]。	谁也不知我所为。

【注释】

〔1〕纷：多貌。形容玄云。玄云：黑云。

〔2〕飘风：旋风。先驱：在前开路。涷（dōng）雨：暴雨。洒尘：洒水静尘。

〔3〕君：对大司命的尊称。空桑：神话中的山名。

〔4〕纷总总：盛多的样子，这里是说九州人口众多。予：大司命自称。

〔5〕清气：天空中清明之气，即天地之正气。御：驾驭。

〔6〕吾：女巫自指。与：跟从。齐速：虔诚恭敬的样子。九坑（gāng）：九州，泛指人世间。

〔7〕灵衣：神衣。被被：同"披披"，飘动的样子。

〔8〕壹阴兮壹阳：或阴或阳，变幻莫测。余：大司命自指。

折疏麻兮瑶华,	（女）折下神麻玉色花,
将以遗兮离居[1]。	送给隐者远离家。
老冉冉兮既极,	人渐老矣趋垂暮,
不寖近兮愈疏[2]。	不亲近他更生疏。
乘龙兮辚辚,	神君驾龙车声隆,
高驰兮冲天[3]。	迅速奔驰向天空。
结桂枝兮延伫,	编结桂枝左右盼,

羌愈思兮愁人。	越是想他越伤心。
愁人兮奈何,	忧愁使人无办法,
愿若今兮无亏[4]。	愿他珍重像如今。
固人命兮有当,	人之寿命本定数,
孰离合兮可为[5]?	悲欢离合岂由人?

【注释】

[1] 疏麻:神麻。瑶华:玉色的花。遗(wèi):赠给。离居:离居的人,指大司命。

[2] 寖(jìn)近:逐渐亲近。

[3] 辚辚:车声。

[4] 若今兮无亏:犹言及时珍重。

[5] 固:乃。当:定规。

大司命、少司命

少司命

【题解】

少司命是掌管人间生儿育女的天神,与大司命是一对。本篇是巫的独唱。

秋兰兮麋芜,	芬芳秋兰白麋芜,
罗生兮堂下[1]。	祭堂四周并列生。
绿叶兮素华,	绿色叶子白色花,

芳菲菲兮袭予[2]。	香气浓郁沁肺腑。
夫人自有兮美子，	人人自有好儿女，
荪何以兮愁苦[3]？	何必愁苦多挂怀？
秋兰兮青青，	秋天兰花真茂盛，
绿叶兮紫茎[4]。	绿叶紫茎郁葱葱。
满堂兮美人，	满堂都是美人儿，
忽独与余兮目成[5]。	唯独对我送真情。
入不言兮出不辞，	来时默默走无言，
乘回风兮载云旗[6]。	乘风驾云上天庭。
悲莫悲兮生别离，	悲哀莫过情人别，
乐莫乐兮新相知[7]。	欢乐莫过有相知。
荷衣兮蕙带，	荷叶做衣蕙做带，
倏而来兮忽而逝[8]。	匆匆而来飘天外。
夕宿兮帝郊，	傍晚投宿在天郊，
君谁须兮云之际[9]？	云端又把谁等待？

【注释】

〔1〕蘪（mí）芜：香草名，七八月间开白花，香气浓郁。罗生：并列而生。

〔2〕素华：白花。

〔3〕美子：美好的儿女。古代男女均可称子。荪：香草名，借指少司命。

〔4〕青青：通"菁菁（jīng jīng）"，草木茂盛的样子。

〔5〕美人：指参加祭祀的人们。目成：指两心相悦，用目光互相传达情意。

〔6〕入不言兮出不辞：少司命进来时不说话，离开时没有告辞。

〔7〕悲莫悲兮生别离，乐莫乐兮新相知：人生最大的悲哀莫过于和相爱的人生生分离，人生最大的欢乐莫过于有了新的知心人。

〔8〕荷衣、蕙带：指少司命的服饰。倏：忽然。

〔9〕须：等待。

与女游兮九河，	想与你畅游天河，
冲风至兮水扬波。	暴风来掀起巨浪。
与女沐兮咸池，	想与你同浴咸池，
晞女发兮阳之阿[1]。	想与你晾发山谷。
望美人兮未来，	盼望你啊你不来，
临风怳兮浩歌[2]。	迎风高歌神恍惚。
孔盖兮翠旍，	孔雀车盖翡翠旗，
登九天兮抚彗星[3]。	高登九天扫彗星。
竦长剑兮拥幼艾，	高举长剑护儿童，
荪独宜兮为民正[4]！	唯你才是人之主！

【注释】

〔1〕女：同"汝"，少司命。咸池：神话中水名，太阳洗澡的地方。晞（xī）：晒干。阳之阿（ē）：阳谷，阳出之处。阿，曲隅，指屈曲偏僻之处。

〔2〕怳（huǎng）：同"恍"，失意的样子。浩歌：大声歌唱。

〔3〕孔盖：用孔雀羽毛做的车盖。翠旍（jīng）：用翡翠鸟的羽毛做的旌旗。九天：古代神话说天有九重，所以称九天。

〔4〕竦（sǒng）：执，举起。幼艾：人间年轻幼小的一代。荪：少司命。正：主宰。

东　君

【题解】

本篇是歌颂太阳神的乐歌。东君就是太阳神。

暾将出兮东方,
照吾槛兮扶桑[1]。
抚余马兮安驱,
夜皎皎兮既明[2]。
驾龙辀兮乘雷,
载云旗兮委蛇[3]。
长太息兮将上,
心低徊兮顾怀[4]。
羌声色兮娱人,
观者憺兮忘归[5]。
緪瑟兮交鼓,
箫钟兮瑶簴[6]。
鸣篪兮吹竽,
思灵保兮贤姱[7]。
翾飞兮翠曾,
展诗兮会舞[8]。
应律兮合节,
灵之来兮蔽日[9]。
青云衣兮白霓裳,
举长矢兮射天狼[10]。
操余弧兮反沦降,
援北斗兮酌桂浆[11]。
撰余辔兮高驼翔,
杳冥冥兮以东行[12]。

（男）红色的旭日将出自东方,
红光照耀我的栏杆扶桑。
我控制着龙马从容前进,
黑夜渐渐消退露出曙光。
我乘驾的龙车声音如雷,
车四周的云彩飘浮动荡。
声声长叹我将向上升起,
心中迟疑不决常把头回。
日出景象光辉令人陶醉,
人们怡然自得乐而忘返。
（众）琴瑟急奏鼓对敲,
钟磬齐鸣钟架摇。
吹起篪啊吹起竽,
东君贤德又美好。
轻盈起舞舞步急,
唱诗合舞好热闹。
歌合律来舞合拍,
众神纷纷降临了。
（男）身穿青云上衣白霓裙裳,
手持长长利箭直射天狼。
操起弧矢渐渐往西下降,
举起北斗盛满桂花酒浆。
驾着我的龙车继续奔驰,
在茫茫黑夜里奔向东方。

九 歌

【注释】

〔1〕暾（tūn）：初升的太阳。槛（jiàn）：栏杆。

〔2〕安驱：安详地驾车。皎：光明貌。

〔3〕辀（zhōu）：车辕，这里代车。龙辀：龙车。雷：借指车声。委蛇（yí）：舒卷蜿蜒的样子。

〔4〕太息：叹息。低徊：迟疑不前的样子。

〔5〕声色：指东君的车声旗色。观者：指观看日出的人。憺（dàn）：安乐。

〔6〕絙（gēng）瑟：绷紧琴瑟上的弦。交鼓：相对击鼓。萧：应作"擽"（用闻一多说），敲击。瑶：应作"摇"。簴（jù）：悬挂钟磬的木架。

〔7〕篪（chí）：竹制的吹奏乐器，形似笛，有八孔。竽：形似笙，也是吹奏乐器。贤姱（kuā）：贤惠而美好。

〔8〕翾（xuān）飞：鸟儿轻飞滑翔的样子。翠：翡翠鸟。曾（zēng）：通"翻"，举起翅膀。翾飞翠曾，言巫女舞姿翩跹像翠鸟展翅飞舞一样。展诗：展开诗章来唱。会舞：合舞。

〔9〕灵：指众神。

〔10〕青云衣兮白霓裳：以青云为衣，白霓为裳。

〔11〕弧（hú）：木弓，这里也是星名，指弧矢星。沧降：指太阳降落西方。援：拿起。北斗：星名，共七星，这里比喻酒斗。酌：舀取。

〔12〕撰：抓住。杳：深远。冥冥：黑暗。

河 伯

【题解】

河伯为黄河之神。本篇是歌唱黄河之神的诗。

与女游兮九河，	（男）和你同游黄河上，
冲风起兮横波[1]。	暴风骤起水翻卷。
乘水车兮荷盖，	乘上水车荷为盖，
驾两龙兮骖螭[2]。	两龙在中螭两旁。
登昆仑兮四望，	（女）登上昆仑四面望，
心飞扬兮浩荡[3]。	心胸开阔意高昂。
日将暮兮怅忘归，	暮色苍茫忘归去，
惟极浦兮寤怀[4]。	思念远方怀家乡。
鱼鳞屋兮龙堂，	鱼鳞屋瓦壁画龙，
紫贝阙兮朱宫，	紫贝楼阁珍珠宫，
灵何为兮水中[5]？	为何生活在水中？
乘白鼋兮逐文鱼，	（男）乘着白鼋逐文鱼，
与女游兮河之渚，	与你同游河中岛，
流澌纷兮将来下[6]。	冰块随水纷纷流。
子交手兮东行，	（女）执手话别将东行，
送美人兮南浦[7]。	我送你到南岸上。
波滔滔兮来迎，	波涛滚滚来接我，
鱼鳞鳞兮媵予[8]。	鱼群列队作伴航。

【注释】

[1]九河：黄河的总名。冲风：冲地而起的旋风。

[2]骖（cān）：古时用四匹马驾车，中间的两匹马叫服，两边的两匹马叫骖，这里作动词用。螭（chī）：古代传说中无角的龙。

[3]昆仑：山名，传说为黄河的发源地。浩荡：水大貌。这里形容心情开朗。

[4]惟：思念。极浦：遥远的水边。

[5]龙堂：壁上画龙的厅堂。阙（què）：王宫前边供眺望的楼。灵：指河伯。

〔6〕鼋（yuán）：大鳖。文鱼：有纹彩的鱼。渚（zhǔ）：水中间的小块陆地。流澌（sī）：流水。一说"流澌"是融解的冰块。

〔7〕交手：携手。南浦：南岸。

〔8〕嶙嶙：一个挨着一个。媵（yìng）：古代陪嫁的女子叫"媵"，这里作动词用，陪伴的意思。

山 鬼

【题解】

本篇为祭祀山神的乐歌。此山神可能不是正神，所以称鬼。古今许多学者认为诗中所写的山中女神就是传说中的巫山神女瑶姬。

若有人兮山之阿，	好像有人在山坳，
被薜荔兮带女罗[1]。	身披薜荔束腰。
既含睇兮又宜笑，	美目含情开口笑，
子慕予兮善窈窕[2]。	温柔可爱形貌好。
乘赤豹兮从文狸，	赤豹拉车文狸跟，
辛夷车兮结桂旗[3]。	辛夷做车桂枝旗。
被石兰兮带杜衡，	石兰车盖杜衡带，
折芳馨兮遗所思[4]。	折下香花送给你。
余处幽篁兮终不见天，	竹林深处不见天，
路险难兮独后来[5]。	崎岖路险来得晚。
表独立兮山之上，	孤孤零零站山巅，
云容容兮而在下[6]。	云海茫茫脚下翻。
杳冥冥兮羌昼晦，	白昼昏暗如在夜，
东风飘兮神灵雨[7]。	东风迅疾降雨点。
留灵修兮憺忘归，	痴心等你不思返，
岁既晏兮孰华予[8]！	红颜凋谢谁来盼！

楚辞

山鬼

【注释】

〔1〕薜荔（bì lì）：一种蔓生植物。这里指用薜荔做的衣服。女罗：女萝，地衣类隐花植物，又名松萝。

〔2〕含睇（dì）：含情微视。宜笑：笑得很美。

〔3〕文狸：有花纹的狸猫。辛夷：木兰类的香木。

〔4〕被石兰：用石兰做车盖。带杜衡：用杜衡做车的飘带。

〔5〕幽篁（huáng）：幽暗的竹林。

〔6〕表：突出的样子。容容：通作"溶溶"，水流貌，这里形容云气浮动的样子。

〔7〕杳（yǎo）：深远。昼晦：白天昏暗不明。神灵雨：雨神在降雨。

〔8〕憺（dàn）：安然，安心。岁既晏：年岁已老。孰华予：谁还爱我呢？

采三秀兮於山间，	采灵芝走遍巫山，
石磊磊兮葛蔓蔓[1]。	山石磊磊葛蔓蔓。
怨公子兮怅忘归，	怨你失约我忘返，
君思我兮不得闲[2]。	想我为何不得闲。
山中人兮芳杜若，	山中人如杜若纯，
饮石泉兮荫松柏[3]，	住松柏下饮泉水，
君思我兮然疑作[4]。	是否想我难知真。
雷填填兮雨冥冥，	雷声隆隆细雨飘，

猨啾啾兮又夜鸣[5]。	夜猿啾啾声断肠。
风飒飒兮木萧萧,	秋风飒飒黄叶飘,
思公子兮徒离忧[6]。	痴情思念徒自伤。

【注释】

[1] 三秀：灵芝草，灵芝一年三次开花，故称"三秀"。於山：巫山。磊磊（lěi）：乱石堆积的样子。

[2] 公子：亦指山鬼思念的人。

[3] 山中人：山鬼自称。芳杜若：像香草杜若一样芬芳。荫松柏：住在松柏树下，言居处的清幽。

[4] 然疑作：半信半疑。

[5] 填填：雷声。雨冥冥：下雨时天色昏暗不明。啾啾（jiū）：猿叫声。狖（yòu）：黑色长尾猿。

[6] 离忧：遭受忧伤。离：通"罹"，遭受。

国　殇

【题解】

国殇是指为国牺牲的将士。未成人夭折，谓之殇。《九歌》从《东皇太一》到《山鬼》，九篇所祭的都是自然界中的神祇，独这一篇《国殇》是祭人间为国牺牲的将士的。许多学者认为这和战国时秦楚战争有关，楚怀王时楚国多次与秦国交战，几乎每次都遭到惨重的失败。楚国人民为了保卫国家，抗击强秦，英勇杀敌，前赴后继。屈原写这篇作品就是为了歌颂楚国将士为保卫国家不畏牺牲、视死如归的英雄气概和豪迈精神。

操吴戈兮被犀甲,	手持兵器身披犀牛甲,
车错毂兮短兵接[1]。	车轮交错近距离厮杀。

楚辞

旌蔽日兮敌若云，	旌旗蔽日敌人多如云，
矢交坠兮士争先[2]。	乱箭交坠下将士争先。
凌余阵兮躐余行，	敌冲我阵队列遭践踏，
左骖殪兮右刃伤[3]。	左骖倒地右服被刀扎。
霾两轮兮絷四马，	车轮深陷四马被拴住，
援玉枹兮击鸣鼓[4]。	鼓槌猛敲响鼓勇拼杀。
天时坠兮威灵怒，	苍天哀怨神灵也发怒，
严杀尽兮弃原野[5]。	将士阵亡尸横荒山下。
出不入兮往不反，	勇士出征一去不复返，
平原忽兮路超远[6]。	荒原茫茫道路多遥远。
带长剑兮挟秦弓，	佩带长剑秦弓拿在手，
首身离兮心不惩[7]。	身首分离雄心永不变。
诚既勇兮又以武，	勇敢顽强又英姿威武，
终刚强兮不可凌[8]。	从始到终刚强不可侵。
身既死兮神以灵，	肉体虽死而神魂显灵，
子魂魄兮为鬼雄[9]！	英魂毅魄为鬼亦称雄！

国殇

【注释】

[1]毂（gǔ）：车轮的轴头。车错毂：交战双方的战车轮毂交错。

[2]旌：旌旗，旗的通称。

[3]凌：侵犯。躐（liè）：践踏。殪（yì）：死。刃伤：为兵刃所伤。

[4]霾（mái）：通"埋"。絷（zhí）：绊住。此句言，两个车轮陷在地里，四匹马像被绊住

似的难以行动。援：拿着。玉枹（fú）：饰玉的鼓槌。

〔5〕坠：一作"怼"，怨恨。威灵：神灵。严杀尽：指战斗残酷激烈，战士伤亡殆尽。

〔6〕反：同"返"。忽：渺茫。超远：遥远。

〔7〕惩（chéng）：改变。

〔8〕不可凌：言战士宁死不屈，志不可夺。

〔9〕神以灵：精神不死，神魂显灵。

礼 魂

【题解】

本篇是礼成送神之辞。魂，也就是神，它包括《九歌》前十篇所祭祀的天地神祇和人鬼。这首诗节奏轻快，洋溢着欢乐之情。

成礼兮会鼓，	祭礼完成齐击鼓，
传芭兮代舞。	鲜花频传轮番舞。
姱女倡兮容与〔1〕。	美女高歌多安舒。
春兰兮秋菊，	春日兰花秋日菊，
长无绝兮终古〔2〕。	永不断绝垂千古。

【注释】

〔1〕成礼：指祭礼完成。传芭：互相传递花朵。芭，同"葩"，初开的花朵。代舞：轮番跳舞。姱（kuā）：美好。倡：通"唱"。

〔2〕长无绝：永不断绝。

天 问

屈 原

【题解】

《天问》是屈原作品中体制特异的一篇,无论在内容上还是在形式上均独具特点。全篇一千五百多字,三百七十余句,呵问成篇,一连提出有关自然现象、古史传说、神话故事等一百七十多个问题,对有关自然和历史的传统观念表示了大胆的怀疑。"天问"就是问天的意思。关于此篇的写作时间向无定论,一般认为作于屈原被放逐之后。

曰:遂古之初,	试问:那远古开端的形态,
谁传道之[1]?	是谁把它传述下来?
上下未形,	天地都还没有形成,
何由考之?	根据什么考察出来?
冥昭瞢暗,	宇宙混沌日夜未分,
谁能极之[2]?	谁能够考究个明白?
冯翼惟像,	大气弥漫尚无形象,
何以识之[3]?	根据什么辨认出来?
明明暗暗,	白昼光明黑夜阴暗,
惟时何为[4]?	其中过程又是怎样?

天 问

| 阴阳三合， | 阴阳结合产生万物， |
| 何本何化[5]？ | 谁是本原谁是化生？ |

【注释】

[1] 遂古：往古，远古。遂，通"邈"，辽远的意思。
[2] 瞢（méng）暗：暗昧不明。
[3] 冯（píng）翼：大气弥漫的样子。冯，满。
[4] 时：是。
[5] 三合：参错结合。三，同"参"。

圜则九重，	浑圆天盖共有九层，
孰营度之[1]？	是谁把它度量经营？
惟兹何功，	这是何等的大工程，
孰初作之[2]？	当初是谁创造完成？
斡维焉系[3]？	枢纽上绳子拴何处？
天极焉加？	天的顶端架在哪里？
八柱何当[4]？	八根擎天柱在何方？
东南何亏？	地势为何东南偏低？
九天之际，	天体中央八方之间，
安放安属[5]？	怎样安放怎样相连？
隅限多有，	天边角落曲折无数，
谁知其数[6]？	谁知它的详细数目？

【注释】

[1] 圜：同"圆"，指天。古人认为天是圆的。
[2] 兹：此。功：同"工"。
[3] 斡（guǎn）：枢纽。维：绳。
[4] 八柱：古代传说天由八根柱子支撑着。

日月、三合、九重、八柱、十二分图

[5]九天：指天的中央和八方。属（zhǔ）：连接。

[6]隈（wēi）：弯曲处。《淮南子·天文训》："天有九野，九千九百九十九隅。"

天何所沓？	天体立足什么地方？
十二焉分[1]？	怎样划分十二星区？
日月安属[2]？	日月怎么悬挂天上？
列星安陈？	群星如何罗列这样？
出自汤谷，	太阳初从汤谷升起，
次于蒙汜[3]。	蒙水岸边停下休息。
自明及晦，	天亮开始天黑结束，
所行几里？	一天奔行多少里路？
夜光何德，	月亮凭借什么功德，
死则又育[4]？	死后竟然能够复活？
厥利维何，	究竟贪图什么好处，
而顾菟在腹[5]？	腹中竟藏一只蟾蜍？

天 问

女歧无合,夫焉取九子?

【注释】

〔1〕沓(tà):会合。指天地会合。

〔2〕属:附属。

〔3〕蒙:古代神话中水名。氾(sì):水边。

〔4〕夜光:月亮的别名。

〔5〕厥:其,指月亮。顾菟(tù):闻一多《天问释天》谓蟾蜍之异名。

女歧无合,
夫焉取九子[1]?
伯强何处?
惠气安在[2]?
何阖而晦?
何开而明?
角宿未旦,
曜灵安藏[3]?
不任汩鸿,
师何以尚之[4]?
佥曰何忧,
何不课而行之[5]?

女歧从未婚配别人,
怎能生育九个小孩?
风神伯强住在何处?
祥和之风哪里吹来?
为何天门一关就黑?
为何天门一开就亮?
天门未开那个时候,
太阳又藏身在何处?
鲧不胜任治理洪水,
大家为何还推举他?
人人都说"洪水何忧",
为何对他不试再用?

【注释】

〔1〕女歧:神话传说中的人名,传说她无夫而生九子。

〔2〕伯强:禺强,风神。惠气:祥和之气。

角宿未旦,曜灵安藏?

伯强

[3]角宿:星座名,二十八宿之一,包括两颗星,早晨位在东方。曜(yào)灵:太阳。

[4]汩(gǔ):治水。鸿:古通"洪",洪水。师:众人。

[5]佥(qiān):众人。课:试。

鸱龟曳衔,	鸱龟相互连接拖拉,
鲧何听焉[1]?	鲧为何听从任由之?
顺欲成功,	想顺应众望治好水,
帝何刑焉[2]?	尧为何还要诛罚他?
永遏在羽山,	尸体抛弃在羽山啊,
夫何三年不施[3]?	为何多年还不腐烂?
伯禹愎鲧,	禹竟从鲧腹中出来,
夫何以变化[4]?	怎么产生这样变化?
纂就前绪,	大禹继承前人事业,
遂成考功[5]。	终把父亲功业完成。
何续初继业,	为何做相同的事情,

天 问

而厥谋不同[6]? 　　两人采取不同方法?

【注释】

[1] 鸱(chī):不详。一说是鸱鸺,猫头鹰之类的鸟。曳衔:牵引衔接。

[2] 顺欲:顺从众人的期望。

[3] 羽山:神话山名。 施:通"弛","不弛",没有毁坏的意思,指鲧尸三年不腐。

鸱龟曳衔

[4] 愎:一本作"腹",此句言禹从鲧的腹中出生。

[5] 纂(zuǎn):继续。绪:事业。

[6] 谋:指治水的方法。

洪泉极深,	洪水源泉深不可测,
何以寘之[1]?	什么能够填塞住它?
地方九则,	全国土地分为九等,
何以坟之[2]?	根据什么进行划分?
应龙何画?	应龙怎样用尾划地?
河海何历[3]?	江河如何流通顺利?
鲧何所营?	鲧经营了哪些事情?
禹何所成?	禹又完成哪些工作?
康回冯怒,	共工大怒头触不周,
墬何故以东南倾[4]?	大地怎么东南倾斜?

【注释】

[1] 洪泉:大水渊,指洪水。寘(tián):同"填"。

应龙何画？河海何历？

康回冯怒，墜何故以东南倾？

〔2〕九则：九等。坟：区分。《尚书·禹贡》载，禹划分九州的土地为九等。

〔3〕应龙：有翼的龙。

〔4〕康回：共工。冯（píng）怒：大怒。墜：同"地"。

九州安错？	全国九州如何设置？
川谷何洿[1]？	河流水道为何深注？
东流不溢，	百川东流海却不满，
孰知其故[2]？	谁能知道原因在哪？
东西南北，	大地东西南北距离，
其修孰多？	哪个更长哪个更大？
南北顺椭，	顺着南北地形狭长，
其衍几何[3]？	它比东西要长多少？
昆仑县圃，	昆仑山上有个县圃，
其尻安在[4]？	它到底坐落在何山？
增城九重，	昆仑山上九层增城，
其高几里[5]？	它究竟有多少高度？

天 问

【注释】

〔1〕错:通"措",安置。洿(wū):深。
〔2〕溢:满。
〔3〕椭(tuǒ):狭长,扁长。衍:余。
〔4〕县圃:神话地名,在昆仑山巅。尻:即"尻",臀部,引申为山之尾麓,山脊尽处。
〔5〕增城:神话中的城名,在昆仑山县圃。

四方之门,	昆仑山上四方大门,
其谁从焉〔1〕?	什么东西进进出出?
西北辟启,	打开昆仑西北大门,
何气通焉〔2〕?	是什么风从此通过?
日安不到?	什么地方光照不到?
烛龙何照〔3〕?	烛龙所照又是何处?
羲和之未扬,	太阳车夫还未扬鞭,
若华何光〔4〕?	若木之花为何发光?
何所冬暖?	什么地方冬天温暖?
何所夏寒?	什么地方夏天寒冷?

烛龙何照?

焉有石林?何兽能言?

焉有石林？　　　　　哪里石头构成森林？
何兽能言？　　　　　什么野兽能够说话？
焉有虬龙，　　　　　哪里会有无角虬龙，
负熊以游？　　　　　驮着黄熊河海出游？

【注释】

〔1〕四方之门：指昆仑山的门。
〔2〕辟：开。气：风。
〔3〕烛龙：神话中的神名，人面蛇身，赤色，以目照明。
〔4〕羲（xī）和：神话中为太阳驾车的神。若华：若木的花。

雄虺九首，　　　　　哪里雄蛇有九个头，
倏忽焉在[1]？　　　　快似闪电风声飕飕？
何所不死？　　　　　在哪里有不死之国？
长人何守[2]？　　　　那里巨人看守什么？
靡萍九衢，　　　　　哪里靡萍一枝多杈，
枲华安居[3]？　　　　哪里开着神麻的花？

焉有虬龙，负熊以游？

雄虺九首，倏忽焉在？

天 问

一蛇吞象,　　　　　一条巨蛇能吞大象,
厥大何如[4]?　　　　那么它到底有多大?
黑水玄趾,　　　　　黑水之地玄趾之民,
三危安在[5]?　　　　三危山在哪个位置?
延年不死,　　　　　那里的人长寿不死,
寿何所止[6]?　　　　他们到底活到哪天?

【注释】

[1] 倏:忽,疾貌。

[2] 长人:指长寿之人。

[3] 萍(píng):草名。衢:路,引申为杈。九衢(qú):指一枝多杈。枲(xǐ):麻。

[4] 蛇吞象:巨蛇能把象吞下。《山海经·海内南经》:"巴蛇食象,三岁而出其骨。"

[5] 黑水:水名。玄趾:神话中的地名。三危:地名。

[6] 延年不死:谓三危国人长寿不死。

长人何守?

一蛇吞象,厥大何如?

鲮鱼何所？　　　　人面鱼身的鲮在哪？
魆堆焉处[1]？　　　吃人的魆雀在何方？
羿焉彃日？　　　　后羿为何要射太阳？
乌焉解羽[2]？　　　乌鸦羽毛散失何方？
禹之力献功，　　　大禹全力投入治水，
降省下土四方[3]。　还来视察各地情况。
焉得彼涂山女，　　怎么遇到涂山姑娘，
而通之于台桑[4]？　大禹和她私通台桑？
闵妃匹合，　　　　伉俪恩爱两人结合，
厥身是继[5]。　　　为了传宗才会这样。
胡维嗜不同味，　　他与涂山族类不同，
而快鼌饱[6]？　　　为何还贪一时欢畅？

【注释】

〔1〕鲮（líng）鱼：亦作"陵鱼"。魆（qí）堆：魆雀，一种食人的怪鸟。

〔2〕羿：传说尧时的英雄，善射。彃（bì）：射。乌：金乌，传说是日中的三足乌。

〔3〕力献功：以勤力进献其功。献功，指治水的功绩。下

天 问

土四方：指天下。

〔4〕台桑：桑间野地。

〔5〕妃匹合：妃、匹、合，均为配偶的意思。

〔6〕快：满足。饱：疑当作"饥"，鼌（zhāo）饥，男女会合之隐语。

启代益作后，	夏启取代伯益称王，
卒然离蠥[1]。	不料突然遭到攻击。
何启惟忧，	为什么启当初落难，
而能拘是达[2]？	能够从监狱中逃离？
皆归射鞠，	益的部下交出武器，
而无害厥躬[3]。	因而对启无所损伤。
何后益作革，	禅让为何伯益失败，
而禹播降[4]？	大禹统治却能繁昌？
启棘宾商，	夏启急向上帝祭祀，
《九辩》《九歌》[5]。	把《九辩》《九歌》带回地上。
何勤子屠母，	为何夏启出生杀母，
而死分竟地[6]？	使她尸骨分裂而亡？

【注释】

〔1〕益：禹臣。后：国君。卒（cù）：同"猝"，突然。离：同"罹"，遭。蠥（niè）：忧患，灾祸。

〔2〕惟：刘盼遂《天问校笺》："惟乃罹之借，惟忧犹离蠥也。"达：逃脱。

〔3〕射鞠：指武器。

启棘宾商，《九辩》《九歌》。

胡射夫河伯，而妻彼雒嫔？

〔4〕作革：变革，更替。播降：留下后代，指禹留下后代子孙。

〔5〕棘：急切。宾：祭祀。

〔6〕勤子：贤子，指启。屠母：传说禹妻涂山女化为石，禹呼："归我子！"石破而生启。竟地：满地，到处都是。

帝降夷羿，	上帝派出夷羿下凡，
革孽夏民[1]。	为解夏朝百姓忧虑。
胡射夫河伯，	羿为何要射瞎河伯，
而妻彼雒嫔[2]？	霸占洛水女神为妻？
冯珧利决，	夷羿凭借好弓善射，
封豨是射[3]。	巨大野猪应声而亡。
何献蒸肉之膏，	为何肥美之肉献祭，
而后帝不若[4]？	上帝也不领情赏光？
浞娶纯狐，	寒浞想娶羿妻纯狐，
眩妻爰谋[5]。	纯狐设下杀夫毒计。
何羿之射革，	羿能射穿七层皮革，
而交吞揆之[6]？	怎遭暗算烹成肉汤？

【注释】

〔1〕夷羿：就是羿，善射。孽（niè）：灾祸。

〔2〕雒嫔：洛水女神宓妃。相传河伯化为白龙出游，被羿射瞎左眼。

〔3〕冯（píng）：同"凭"，持。珧（yáo）：蚌壳，这里指饰有贝壳的弓。决：套在右手拇指上钩弦发箭的器具，今称扳

天问

指。封豨（xī）：大野猪。

［4］蒸：祭祀。后帝：天帝。若：顺。

［5］浞：寒浞，后羿的相。纯狐：纯狐氏之女，后羿的妻子。眩妻：玄妻，纯狐氏女名。爰：于是。

［6］射革：传说羿能射穿第七层皮革，此形容羿善射力大。交：合力。吞揆（kuí）：吞灭。

化为黄熊，巫何活焉？

阻穷西征， 岩何越焉[1]？ 化为黄熊， 巫何活焉[2]？ 咸播秬黍， 莆雚是营[3]。 何由并投， 而鲧疾修盈[4]？ 白蜺婴茀， 胡为此堂[5]？ 安得夫良药， 不能固臧[6]？	鲧困羽山不准西行， 高山峻岭怎样越过？ 变成黄熊进入羽渊， 神巫如何把他救活？ 鲧使黑黍播满大地， 清除水草经营管理。 什么理由把他放逐， 难道罪行不容饶恕？ 王子侨白衣系首饰， 怎到藏不死药之堂。 崔文子安得失良药， 为何不能好好保藏？

【注释】

［1］阻穷：阻绝，此句是说把鲧永囚禁在羽山，不准西行。

［2］黄熊：《左传·昭公七年》："昔尧殛鲧于羽山，其神化为黄熊。"

〔3〕秬（jù）：黑黍。菅：同"蒲"，水草。雚（huán）：通"萑"，芦苇一类植物。营：耕种，经营。

〔4〕并：读作"屏"。屏投，摒弃。修盈：指鲧罪恶之多。

〔5〕蜺（ní）：同"霓"，白霓，形容衣裳。婴茀：女子首饰。婴，系于颈。茀（fú），首饰。堂：指羿藏不死之药之堂。

〔6〕良药：《淮南子·览冥训》："羿请不死之药于西王母，羿妻姮娥窃之奔月。"

天式从横，
阳离爰死[1]。
大鸟何鸣，
夫焉丧厥体[2]？
蓱号起雨，
何以兴之[3]？
撰体协胁，
鹿何膺之[4]？
鳌戴山抃，
何以安之[5]？
释舟陵行，
何以迁之[6]？

自然法则阴阳消长，
阳气消失人就死亡。
王子侨变鸟还鸣叫，
他的躯体怎样消亡？
雨神蓱翳主管降雨，
但雨究竟如何兴起？
风伯具有骈胁鹿身，
从哪承受奇特形体？
鳌头顶大山四足游，
神山怎能稳定不动？
巨人弃船陆地行走，
怎能钓去海中六鳌？

天式从横，阳离爰死。大鸟何鸣，夫焉丧厥体？

【注释】

〔1〕式：法则。从横：纵横。指阴阳消长之道。

〔2〕大鸟：王子侨所化之鸟。

〔3〕蓱（píng）：雨神的名字。

天 问

〔4〕撰：柔顺。胁：两膀。这里指鹿生两翅。膺：承。此二句言风神。

〔5〕鳌（áo）：大龟。抃（biàn）：拍手，这里指四肢划动。

〔6〕释：放弃，舍弃。陵行：在陆地上行走。

惟浇在户，	寒浇到嫂子的门上，
何求于嫂[1]？	他对嫂子有何要求？
何少康逐犬，	为何少康赶狗出猎，
而颠陨厥首[2]？	却能砍掉寒浇的头？
女歧缝裳，	女歧给浇缝制衣裳，
而馆同爰止[3]。	两人于是共宿同房。
何颠易厥首，	为什么会砍错脑袋，
而亲以逢殆[4]？	为了亲热遭到灾殃？
汤谋易旅，	浇筹划制造新甲衣，
何以厚之[5]？	靠什么才如此坚厚？
覆舟斟寻，	浇灭斟寻击沉战船，
何道取之[6]？	运用什么战术计谋？

何少康逐犬

汤谋易旅

【注释】

〔1〕浇（ào）：寒浞之子。

〔2〕少康：夏国君相之子。浇杀相，后少康又杀浇。颠陨：掉落。

〔3〕女歧：浇嫂。止：宿。

〔4〕颠易厥首：王逸《章句》说，女歧与浇周舍同宿，少康夜袭浇，误杀了女歧。

〔5〕易旅：换上甲衣，此指制作甲衣。

〔6〕斟寻：古国名。

桀伐蒙山，何所得焉？
妹嬉何肆，汤何殛焉？

桀伐蒙山，	夏桀兴兵攻伐蒙山，
何所得焉[1]？	他都得到哪些东西？
妹嬉何肆，	妹嬉得宠怎样放肆，
汤何殛焉[2]？	商汤为何把她诛杀？
舜闵在家，	虞舜在家蹙眉忧闷，
父何以鱞[3]？	父亲为何不让成家？
尧不姚告，	尧事先没告诉舜家，
二女何亲[4]？	两个女儿怎把舜嫁？
厥萌在初，	事物萌发就有征兆，
何所亿焉[5]？	后果如何不能预料？
璜台十成，	商纣建造十层玉台，
谁能极焉[6]？	谁早已把这事看透？

【注释】

〔1〕桀：夏代亡国之君。蒙山：古国名。

〔2〕妹（mò）嬉：桀的宠妃。殛（jí）：杀死。

天 问

尧不姚告,二女何亲?

女娲

[3] 鳏(guān):同"鳏",无妻。《尚书·尧典》:"有鳏在下,曰虞舜。"舜三十岁,尚未娶妻。

[4] 姚:舜的姓,此指舜的父亲。二女:指尧的两个女儿娥皇、女英。

[5] 亿:通"臆",预料。

[6] 璜台:玉台。十成:十层。

登立为帝,	上古之人登位为帝,
孰道尚之[1]?	根据什么来推举他?
女娲有体,	女娲人面蛇身形体,
孰制匠之[2]?	她的身体又是谁造?
舜服厥弟,	舜对弟弟那么和蔼,
终然为害[3]。	始终还是被象谋害。
何肆犬体,	为何象如狗般放肆,
而厥身不危败[4]?	本身却没遭遇失败?
吴获迄古,	吴国得以长久存在,
南岳是止[5]。	并且屹立江南地带。
孰期去斯,	谁能预料这种情况,
得两男子[6]?	因为得到两位贤才?

舜服厥弟,终然为害。

孰期去斯,得两男子?

【注释】

〔1〕立:古通"位"。道:通"导",导引。
〔2〕女娲(wā):传说中的女帝。《山海经·大荒西经》注:"女娲,古神女而帝者。"
〔3〕服:顺从。弟:指象,舜的异母弟。
〔4〕犬体:谓象之心术不正,犹如狗一样。
〔5〕获:得。迄古:终古,久远。止:居。
〔6〕去:一作"夫"。夫斯:这样,指代"吴获迄古,南岳是止"这一情况。两男子:指太伯、仲雍。

缘鹄饰玉,	伊尹把鹄羹献给汤,
后帝是飨[1]。	因而得到汤的赏识。
何承谋夏桀,	为何他事奉的夏桀,
终以灭丧[2]?	最后却失去了社稷?
帝乃降观,	商汤来到民间视察,
下逢伊挚[3]。	却在下面巧遇伊尹。
何条放致罚,	汤把桀放逐到鸣条,

天 问

缘鹄饰玉, 后帝是飨。	玄鸟致贻, 女何喜?

而黎服大说[4]? 简狄在台, 喾何宜[5]? 玄鸟致贻, 女何喜[6]?	民众诸侯为何心喜? 简狄住在九层瑶台, 帝喾怎知而来求爱? 黑鸟给她送来聘礼, 她为何心中很欢喜?

【注释】

〔1〕缘鹄(hú):做鹄羹。饰玉:谓嵌玉的鼎。后帝:指汤。

〔2〕承谋:指伊尹按汤的旨意假意事桀,实则图谋灭之。

〔3〕帝:指商汤。观:考察民情。伊挚:伊尹,名挚。

〔4〕条:鸣条,地名。汤灭夏后把桀放逐鸣条。致罚:遭天帝之惩罚。《尚书·汤誓》:"致天之罚。"黎服:黎民。

〔5〕简狄:有娀氏女,帝喾(kù)妃,生契,契为商始祖。台:传说简狄未嫁时住在九层高楼上。宜:通"仪",此作动词,求偶。

〔6〕玄鸟:黑色的鸟,指燕。贻:聘礼。

该秉季德,
厥父是臧[1]。
胡终弊于有扈,
牧夫牛羊[2]?
干协时舞,
何以怀之[3]?
平胁曼肤,
何以肥之[4]?
有扈牧竖,
云何而逢[5]?
击床先出,
其命何从[6]?

玄秉承父亲的美德,
学习父亲为人善良。
为何最后死在有易,
还丧失牧人和牛羊?
王亥举着盾牌跳舞,
为何让女人思慕他?
姑娘长得丰满润泽,
怎样长得这样漂亮?
有易放牧的那个人,
怎么会发现了丑事?
先把王亥杀死床上,
这个命令是谁下的?

【注释】

〔1〕该:亥,殷人祖先。秉:承。季:亥的父亲,即殷侯冥。臧:善。

〔2〕弊:死。有扈(hù):当作"有易"。

该秉季德

干协时舞

天 问

平胁曼肤

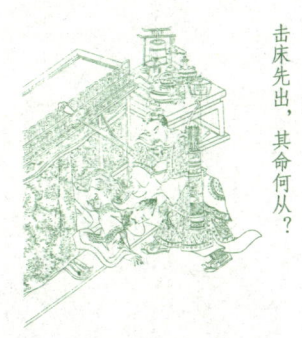

击床先出,其命何从?

〔3〕干:盾牌,舞具。时舞:指万舞,古代一种大型乐舞。怀:思。

〔4〕平胁:胸部丰满。曼肤:皮肤润泽。肥:"妃"的借字,匹配。

〔5〕牧竖:牧童。竖:童仆。云:语助词。

〔6〕击床:指刺杀王亥。

恒秉季德,	王恒有其父的美德,
焉得夫朴牛〔1〕?	哪里得到这些大牛?
何往营班禄,	为何他去钻营爵禄,
不但还来〔2〕?	一去了就不再回头?
昏微遵迹,	上甲微继承了父业,
有狄不宁〔3〕。	有易国人没有安宁。
何繁鸟萃棘,	众目睽睽丑行难饰,
负子肆情〔4〕?	他与儿媳纵欲忘情?
眩弟并淫,	坏兄弟想奸淫嫂子,
危害厥兄〔5〕。	还想谋害他的兄长。
何变化以作诈,	为何诡计多端的人,
后嗣而逢长〔6〕?	最后却是子孙满堂?

何繁鸟萃棘，负子肆情？

恒秉季德，焉得夫朴牛？

【注释】

〔1〕恒：王亥弟。朴牛：大牛。

〔2〕班禄：爵禄的意思。班：依次排列爵禄的等级。但：或谓"得"字之误。

〔3〕昏微：上甲微，亥之子。遵迹：指继承王位。有狄：有易。

〔4〕繁鸟：众鸟。萃：集。棘：荆棘。

〔5〕眩（xuàn）弟：昏乱的弟弟。

〔6〕逢：迎，遇。

成汤东巡，	成汤到东部去巡视，
有莘爰极[1]。	一直走到了有莘国。
何乞彼小臣，	为何他想讨到小臣，
而吉妃是得[2]？	结果却得到了美人？
水滨之木，	在那水滨的桑树中，
得彼小子[3]。	拾到一个小孩抚养。
夫何恶之，	为何有莘民讨厌他，
媵有莘之妇[4]？	把他作陪嫁给成汤？

天 问

何乞彼小臣,而吉妃是得?
水滨之木,得彼小子。

眩弟并淫,危害厥兄。

汤出重泉,	成汤从重泉被释放,
夫何罪尤[5]?	究竟有何罪要承当?
不胜心伐帝,	汤大怒起兵伐夏桀,
夫谁使挑之[6]?	谁把他唆使成这样?

【注释】

[1] 有莘(shēn):古国名。极:到。

[2] 小臣:指伊尹。吉妃:美夫人,指有莘女。

[3] 小子:指伊尹。

[4] 媵(yìng):陪嫁之人。

[5] 重泉:地名,桀囚汤的地方。

[6] 不胜心:不能克制愤怒之心。

会晁争盟,	诸侯甲子会聚誓师,
何践吾期[1]?	他们为何按时而来?
苍鸟群飞,	将士猛如群鹰搏击,
孰使萃之[2]?	谁使他们团结一致?
列击纣躬,	武王砍击纣王尸体,

叔旦不嘉[3]。
何亲揆发,
足周之命以咨嗟[4]?
授殷天下,
其位安施?
反成乃亡,
其罪伊何[5]?

这让周公很不赞许。
他为何帮武王谋划,
完成天命后又叹息?
上帝把天下授给殷,
是根据什么授予的?
建立后又使它灭亡,
殷朝的罪过在哪里?

会鼌争盟,何践吾期?

【注释】

[1]会鼌(zhāo):朝会。吾:通"晤"。

[2]苍鸟:鹰。喻伐纣的各路诸侯。萃:集。

[3]列:通"裂"。纣躬:纣的身体。叔旦:周公,名旦,武王弟。

[4]揆(kuí):揆度。发:周武王姬发。足:当作"定",使安定之意。

[5]伊:是。

争遣伐器,
何以行之[1]?
并驱击翼,
何以将之[2]?
昭后成游,
南土爰底[3]。
厥利惟何?
逢彼白雉[4]?

诸侯争着派遣部队,
这些力量如何调集?
周军前进夹击两翼,
怎么指挥将士出击?
周昭王去外面巡游,
来到南方楚国境地。
昭王南巡贪求什么?
是为寻找白色野鸡?

天 问

并驱击翼,何以将之?

厥利惟何?逢彼白雉?

穆王巧梅,	那周穆王心巧善驾,
夫何为周流[5]?	为何他要游历天下?
环理天下,	他驱马走遍了天下,
夫何索求[6]?	他到底在寻觅什么?

【注释】

[1]伐器:作战的器具,指军队。行之:部署行动。

[2]将:率领。

[3]昭后:周昭王,名瑕,康王子。成:同"盛",盛大。

[4]惟:语助词。逢:迎。

[5]梅:贪。周流:周行,周游。

[6]环理:周游巡视。

妖夫曳衒,	妖人相携搭档卖货,
何号于市[1]?	在市场上叫卖什么?
周幽谁诛?	周幽王到底诛伐谁?
焉得夫褒姒[2]?	他怎样会得到褒姒?
天命反侧!	天命多么反复无常!

何罚何佑[3]? 它究竟保佑或惩罚谁?
齐桓九会, 齐桓公九次会诸侯,
卒然身杀[4]? 为何最后被人残杀?
彼王纣之躬, 那般纣王的性情啊,
孰使乱惑[5]? 是谁使他糊涂昏庸?
何恶辅弼, 为何厌恶那些贤臣,
谗谄是服[6]? 而重用谗谄的小人?

【注释】

〔1〕曳：牵引。衒（xuàn）：夸耀。号：叫卖。

〔2〕褎姒（sì）：周幽王后。

〔3〕反侧：反复无常。

〔4〕九会：九次同诸侯会盟。

〔5〕王纣：纣王。躬：身躯。

〔6〕辅弼：辅佐之贤臣。服：用。

穆王巧挴，夫何为周流？

比干何逆, 比干因何触犯纣王,
而抑沉之[1]? 受到压制埋没不用?
雷开阿顺, 雷开顺从纣王什么,
而赐封之[2]? 而要受到赏赐拜封?
何圣人之一德, 为何圣人美德相仿,
卒其异方[3]： 最终结局却不相同：
梅伯受醢, 梅伯直谏成了肉酱,
箕子详狂[4]。 箕子则要披发装疯。
稷维元子, 后稷是帝喾的长子,

天 问

帝何竺之[5]？	帝喾为何施以毒手？
投之于冰上，	出生后被抛弃冰上，
鸟何燠之[6]？	群鸟为什么保护他？

【注释】

〔1〕比干：纣的叔父，因谏纣王被杀剖心。

〔2〕阿（ē）：一作"何"。《通释》："阿，当作'何'。"雷开：纣时佞臣。

〔3〕一德：美德相仿。异方：不同的方式。

〔4〕梅伯：纣诸侯，因屡谏纣王被杀。醢（hǎi）：肉酱。箕（jī）子：纣臣，纣的叔父，封于箕，谏纣王不听，披发装疯。详：通"佯"。

〔5〕稷（jì）：后稷，名弃，周部族始祖。维：是。元子：嫡长子。帝：帝喾。竺（zhú）：通"毒"，憎恶。

〔6〕投：弃。燠（yù）：温暖。

何冯弓挟矢，	为何后稷擅长射箭，
殊能将之[1]？	才能杰出带兵打仗？
既惊帝切激，	既然能让帝喾震惊，
何逢长之[2]？	为何能兴盛而久长？

齐桓九会，卒然身杀？

梅伯受醢，箕子详狂。

伯昌号衰，	殷商末期文王号令，
秉鞭作牧[3]。	掌握大权不避辛劳。
何令彻彼岐社，	为何他兴起在西岐，
命有殷国[4]？	承受天命取代殷商？
迁藏就岐，	带着财产迁居岐都，
何能依[5]？	他们为何依附文王？
殷有惑妇，	纣王受到妲己迷惑，
何所讥[6]？	还有什么讥谏可讲？

【注释】

[1]冯（píng）：同"凭"，持。

[2]切激：激烈。逢长：兴旺长久。

[3]伯昌：周文王，名昌。纣时被封为雍州伯。号衰：号令于殷商衰落时期。秉鞭：喻执政。

[4]彻：朱熹《集注》"通也"，引申为发展扩大。社：祭祀土地的庙，古时立国必立社，是政权的象征。

[5]藏：资财。

[6]惑妇：指纣王妃妲己。

受赐兹醢，	纣赐文王喝亲儿汤，
西伯上告[1]。	姬昌便向上帝告状。
何亲就上帝罚，	纣王为何自找惩罚，
殷之命以不救[2]？	殷朝无法避免灭亡？
师望在肆，	吕望栖身市井小店，
昌何识[3]？	周文王怎么找到他？
鼓刀扬声，	吕望敲刀叫卖之声，
后何喜[4]？	文王听到为何开心？
武发杀殷，	周武王砍下纣王头，
何所悒[5]？	为什么怒气那么大？

载尸集战,   载着文王灵牌打仗,
何所急[6]？   为什么武王要心急？

鼓刀扬声，后何喜？

何冯弓挟矢，殊能将之？

【注释】

〔1〕受：纣的字。

〔2〕亲就：亲受。以：因而。

〔3〕师：太师。望：吕望。肆：店铺。

〔4〕鼓刀：钢（gàng）刀，刀在砺石上磨几下，使之锋利。后：指周文王。

〔5〕武发：周武王，名发。悒（yì）：忧郁，心里不痛快。这里是愤怒的意思。

〔6〕尸：神主牌。

伯林雉经,   纣王吊死在柏树林,
维其何故[1]？   是什么原因造成的？
何感天抑墜,   为什么他顿地骂天？
夫谁畏惧[2]？   又有谁会感到畏惧？
皇天集命,   上天让君王登皇位,
惟何戒之[3]？   对君主要告诫什么？

初汤臣挚,
后兹承辅。

伯林雉经,
维其何故?

受礼天下, 既然让他治理天下,
又使至代之[4]? 为何派别人取代他?
初汤臣挚, 当初商汤选择伊尹,
后兹承辅[5]。 又让他做辅佐臣僚。
何卒官汤, 为何最后追配成汤,
尊食宗绪[6]? 死后牌位享祭商庙?

【注释】

〔1〕伯林：柏林，纣王自焚的鹿台在柏树林中。雉（zhì）经：缢死。

〔2〕墬（dì）：同"地"。

〔3〕集命：降天命。

〔4〕礼：同"理"，治理。

〔5〕兹：乃。承：受。

〔6〕食：享祭祀。宗绪：宗族系统。

勋阖梦生, 阖闾是寿梦的长孙，
少离散亡[1]。 年轻时遭排挤逃亡；

天 问

何壮武厉，	为何长大英武奋发，
能流厥严[2]？	赫赫威名远震四方？
彭铿斟雉，	彭祖擅长煮野鸡汤，
帝何飨[3]？	尧帝为何乐于品尝？
受寿永多，	彭祖的寿命那么长，
夫何久长？	怎么还是嫌太短暂？
中央共牧，	诸侯共同治理周朝，
后何怒[4]？	周厉王为什么生气？
蜂蛾微命，	百姓身份虽然低微，
力何固[5]？	他们力量为何顽强？

【注释】

〔1〕阖（hé）：春秋时吴王阖闾。梦：阖闾的祖父寿梦。生：同"姓"，子孙的意思。

〔2〕壮：长大。武厉：武勇凶猛。严：威。

〔3〕彭铿（kēng）：彭祖，名铿。斟：调和，这里指烹调。帝：指尧帝。飨（xiǎng）：享用。

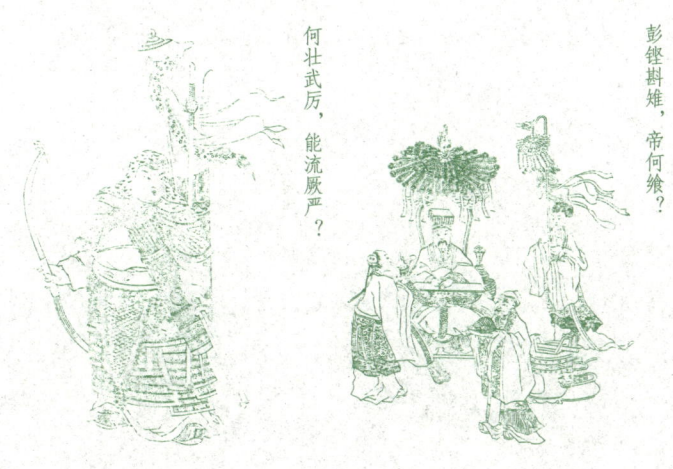

何壮武厉，能流厥严？

彭铿斟雉，帝何飨？

〔4〕"中央"二句：本事不详，闻一多谓当指周厉王为国人所逐，共和执政事。

〔5〕蛾：古"蚁"字。蜂蚁，指起义逐厉王的国人。

惊女采薇，	夷齐采薇被女人笑，
鹿何祐？	神鹿为何庇佑他们？
北至回水，	他们向北来到首阳，
萃何喜[1]？	为何喜欢留在这里？
兄有噬犬，	秦景公有一条恶狗，
弟何欲[2]？	他的弟弟为何想要？
易之以百两，	用一百辆车去交换，
卒无禄[3]？	怎么最后丢了爵禄？
薄暮雷电，	黄昏时候雷鸣闪电，
归何忧[4]？	想要回去何必生愁？
厥严不奉，	丧失了自己的尊严，
帝何求[5]？	天帝还能要求什么？

【注释】

〔1〕回水：河曲，这里代指首阳山。萃：停止，歇宿。

中央共牧，后何怒？
蜂蛾微命，力何固？

惊女采薇，鹿何祐？

天 问

[2] 兄：指秦景公。弟：指景公弟鍼。
[3] 两：同"辆"。禄：爵禄。
[4] 薄暮：傍晚。
[5] 奉：保持。

伏匿穴处，	隐伏荒野住宿山洞，
爰何云[1]？	对国事有什么话讲？
荆勋作师，	楚王贪功大兴战争，
夫何长[2]？	国家命运怎么长久？
悟过改更，	如果改变后能醒悟，
我又何言？	我又何必喋喋不休？
吴光争国，	吴王与楚互相争战，
久余是胜[3]。	屡次打仗战胜楚国。
何环间穿社，	怎样绕过间门村庄，
以及丘陵？	一直跑到山丘密林？
是淫是荡，爰出子文[4]？	纵欲野合生下贤相？
吾告堵敖以不长，	都说堵敖天命不长，
何试上自予，	为什么弑君而自立，
忠名弥彰[5]？	忠义的名声天下扬？

兄有噬犬，弟何欲？

何环间穿社，以及丘陵？

【注释】

〔1〕穴处：住在山洞。爰：乃，于是。

〔2〕作师：兴兵打仗。

〔3〕吴光：吴公子光，即吴王阖闾。久余是胜：屡次战胜我国。

〔4〕闾、社：古代二十五家叫闾或社。子文：楚成王时令尹。据《左传·宣公四年》记载，子文父伯比居䢵国时，与䢵国国君之女私通，遂生子文。

〔5〕堵敖：熊艰，楚文王子。试：读作"弑"。上：指堵敖。予：通"与"。自予：自立为王。

九 章

屈 原

【题解】

《九章》是包括九篇诗歌的总题,主要是屈原流放汉北以及迁往江南期间所作的抒情诗歌。有人认为这些诗歌不是一时的作品,是由后人辑录在一起的。正如朱熹《楚辞集注》所说:"后人辑之,得其九章,合为一卷,非必出于一时之言也。"至于这九篇作品从什么时候编在一起,现在则不能确考。按王逸《楚辞章句》,《九章》的次序是:《惜诵》《涉江》《哀郢》《抽思》《怀沙》《思美人》《惜往日》《橘颂》《悲回风》。从各篇内容来看,这显然不是按写作时间先后排列的。

《九章》所表达的思想感情与《离骚》大体相近,但艺术方法不同。它更多的是采用写实的方法,叙述了诗人的生活片段和思想情感,它是了解和研究屈原生平思想的重要材料。

惜 诵

【题解】

本篇叙述了诗人忠不见用的悲愤和苦闷。惜诵,是说以悼惜的心情来陈述过去的事情,估计是诗人被谗见疏后最早的作品。

惜诵以致愍兮,	痛苦地陈述往事,
发愤以抒情[1]。	发泄忧思和愤懑。
所非忠而言之兮,	所言如果不真实,
指苍天以为正[2]。	可让老天来作证。

【注释】

〔1〕惜诵:惜,痛也。诵,陈述过去的事情。
〔2〕所非:古代誓词的习惯用语。非:一作"作"字。正:同"证",证明。

令五帝以析中兮,	命五帝来作判断,
戒六神与向服[1]。	让六神和我对质。
俾山川以备御兮,	让山川之神陪审,
命咎繇使听直[2]。	让皋陶来当法官。
竭忠诚以事君兮,	忠诚地侍奉国君,
反离群而赘肬[3]。	却遭到小人排挤。
忘儇媚以背众兮,	不愿学别人谄媚,
待明君其知之[4]。	只好等君王明白。
言与行其可迹兮,	言与行可以印证,
情与貌其不变。	表里如一不改变。
故相臣莫若君兮,	国君最了解臣子,
所以证之不远。	他可以就近观察。
吾谊先君而后身兮,	我主张先君后己,
羌众人之所仇[5]。	遭到群众的憎恨。
专惟君而无他兮,	我心中只有国君,

九 章

又众兆之所雠[6]。	竟然被众人仇视。
壹心而不豫兮,	专一而毫不犹豫,
羌不可保也。	却不能保全自己。
疾亲君而无他兮,	迫切亲近国君别无他意,
有招祸之道也[7]。	这却是招祸致患的根源。
思君其莫我忠兮,	没有人比我忠诚,
忽忘身之贱贫。	哪怕会遭受贫困。
事君而不贰兮,	对国君毫无贰心,
迷不知宠之门。	不懂邀宠的门径。

【注释】

[1] 五帝：五方神，东方太皞，南方炎帝，西方少昊，北方颛顼，中央黄帝。枑（xī）中：中正公平的判断。与：同"以"。向：对。服：事。向服就是指对一件事定其有罪与否。

[2] 俾：使。山川：指名山大川之神。备御：陪侍，此谓陪审。咎繇（gāo yáo）：皋陶，舜之士师，掌刑罚。听直：裁断是非曲直。

[3] 赘肬（yóu）：肉瘤。

[4] 儇（xuān）媚：轻佻谄媚。

[5] 谊：同"义"。羌：楚地方言，发语词。

[6] 惟：思，想。雠（chóu）：同"仇"，指仇敌。

[7] 疾：亟，迫切的意思。

忠何罪以遇罚兮,	忠心何罪要受罚,
亦非余心之所志[1]。	我也不明白缘由。
行不群以巅越兮,	走正路却被绊倒,
又众兆之所咍[2]。	还遭到众人嗤笑。
纷逢尤以离谤兮,	责怪诽谤经常来,

謇不可释〔3〕。	纵有百口难解释。
情沉抑而不达兮,	心情沉闷不畅快,
又蔽而莫之白。	思想压抑难表达。
心郁邑余侘傺兮,	我心里深感不安,
又莫察余之中情〔4〕。	无人了解我的心。
固烦言不可结而诒兮,	许多话难以表达,
愿陈志而无路〔5〕。	想面陈没有办法。
退静默而莫余知兮,	隐退静默无人知,
进号呼又莫吾闻。	向前申诉无人听。
申侘傺之烦惑兮,	心中疑惑很不安,
中闷瞀之忳忳〔6〕。	十分忧伤心烦乱。
昔余梦登天兮,	过去我梦见登天,
魂中道而无杭〔7〕。	到半路失去渡船。
吾使厉神占之兮,	我请厉神占卜梦,
曰有志极而无旁,	他说:"志向大没人帮,
终危独以离异兮〔8〕?	难道始终要孤独?"
曰君可思而不可恃。	他说:"思念靠不住。
故众口其铄金兮,	群小谗言可熔金,
初若是而逢殆〔9〕。	从前这样才遇难。

【注释】

〔1〕志:知道,明白。

〔2〕颠越:殒坠,跌跤。咍(hāi):楚地方言,讥笑。

〔3〕謇(jiǎn):楚地方言,发语词。

〔4〕侘傺(chà chì):失意的样子。

〔5〕诒(yí):通"贻",赠送。

〔6〕瞀(mào):心绪烦乱。忳忳(tún):愁闷的样子。

〔7〕杭:通"航",渡船。

九 章

[8] 厉神：大神，主杀罚，此指身附厉神的巫。极：穷，至。旁：辅佐。

[9] 殆：危险。

惩于羹者而吹齑兮，	被烫以后吹冷菜，
何不变此志也[1]？	为何不改变态度？
欲释阶而登天兮，	不用梯子去登天，
犹有曩之态也[2]。	这样态度像从前。
众骇遽以离心兮，	众人惊慌心不齐，
又何以为此伴也[3]？	你又为何逞强？
同极而异路兮，	同事一君路不同，
又何以为此援也[4]？	你又为何倔强？
晋申生之孝子兮，	晋国太子是孝子，
父信谗而不好[5]。	父亲信谗逼死他。
行婞直而不豫兮，	鲧的行为不变通，
鲧功用而不就[6]。	治水事业不成功。"

【注释】

[1] 齑：用酱拌和切成细末的腌菜。是冷食品。

[2] 曩（nǎng）：向，以往。

[3] 骇遽（jù）：惊骇惶遽。伴：侣。

[4] 同极：意为与众人同事一君。极：至。

[5] 申生：春秋时晋献公之子。献公听信后妻骊姬的谗言，逼死申生。

吾使厉神占之兮

[6]婞(xìng)直:刚直。鲧(gǔn):大禹的父亲,治水不成被舜所杀。用而:因而。

吾闻作忠以造怨兮,	听说忠诚招怨恨,
忽谓之过言[1]。	认为言过不注意。
九折臂而成医兮,	要多次折臂成良医
吾至今而知其信然[2]。	今天才知这道理。
矰弋机而在上兮,	曳绳短箭射向天,
罻罗张而在下[3]。	下面张设害人网。
设张辟以娱君兮,	设置罗网害君王,
愿侧身而无所[4]。	想避祸没有地方。
欲儃佪以干傺兮,	想徘徊着等待进取时机,
恐重患而离尤[5]。	又担心再一次遭到祸殃。
欲高飞而远集兮,	打算走吧我想远走高飞,
君罔谓汝何之[6]?	国君要问:"你去什么地方?"
欲横奔而失路兮,	放弃正道瞎冲撞,
坚志而不忍[7]。	意志坚定不被容。
背膺牉以交痛兮,	胸背像开裂一样,
心郁结而纡轸[8]。	我的心痛苦难当。
梼木兰以矫蕙兮,	捣碎木兰揉蕙草,
糳申椒以为粮[9]。	舂好申椒作干粮。
播江离与滋菊兮,	栽种江离养菊花,
愿春日以为糗芳[10]。	春天用来作香料。
恐情质之不信兮,	唯恐真情难表达,
故重著以自明[11]。	一再重述表苦心。
矫兹媚以私处兮,	保持美德而独处,
愿曾思而远身[12]。	深思熟虑爱自身。

九 章

【注释】

〔1〕作忠：为忠，尽忠心。忽：忽略，不在意。过言：过分的话。

〔2〕九折臂而成医："三折肱知为良医"，与此意相同，谓多次折臂，积累了医治的经验，自己也就成了医生。信然：果真如此。

〔3〕矰弋（zēng yì）：均为系着丝绳的短箭。机：机括，这里用作动词，作发射解。罻（wèi）罗：均为捕鸟的网。

〔4〕张：捕鸟兽的罗网。罜：一种捕鸟的工具。娱：通"虞"，欺骗。侧身：置身。

〔5〕儃（chán）佪：徘徊。干：求。偨（chì）：仕进。

〔6〕远集：远适。罔（wǎng）：诬。

〔7〕失路：不行正道。志坚而不忍：一本句前无"盖"字。

〔8〕胖（pàn）：分。纤轸（zhěn）：内心绞痛。

〔9〕矫：揉碎。糳（zuò）：舂米。

〔10〕滋：栽种、培植。糗（qiǔ）：干粮。

〔11〕情质：真情本性。信：同"伸"。重著：再三表明。著，明。

〔12〕矫（jiǎo）：借为"挢"，举起。私处：独处。曾思：重思，一再思考。

涉 江

【题解】

本篇是屈原晚年的作品，这时屈原从鄂渚被放逐到溆浦，从篇中的语气看，可能是他临行之前写的。

余幼好此奇服兮，从小就爱奇丽的服饰，
年既老而不衰[1]。直到晚年还依然不变。
带长铗之陆离兮，腰间挂着长长的宝剑，
冠切云之崔嵬[2]。头上戴着高高的头冠。
被明月兮佩宝璐[3]。披夜明珠啊佩戴美玉。
世溷浊而莫余知兮，世道混浊没人理解我，
吾方高驰而不顾[4]。我要去远方不再留恋。
驾青虬兮骖白螭，驾起了青龙白龙车啊，
吾与重华游兮瑶之圃[5]。我与舜一同游览玉园。
登昆仑兮食玉英[6]。登昆仑山啊食玉树花。
与天地兮同寿，我和天地啊一样长寿，
与日月兮齐光。我和日月啊一样耀眼。
哀南夷之莫吾知兮，痛心南方没人了解我，
且余将济乎江湘[7]。清晨我就要渡过湘江。

驾青虬兮骖白螭

【注释】

〔1〕奇服：不同于常人的服装。

〔2〕长铗(jiá)：长剑。陆离：长的样子。切云：冠名，古时一种高竿的冠。

〔3〕明月：明月珠。宝璐：美玉名。

〔4〕方：刚，才。顾：回顾，回头看。

〔5〕虬(qiú)：传说中无角的龙。螭：无角的龙。重华：舜的名。瑶之圃：生玉的

九 章

园圃,据下文,当系指昆仑,传说昆仑山以产玉闻名。

〔6〕昆仑:神话传说中的山名,天帝所居。玉英:玉树的花。

〔7〕南夷:古时对南方少数民族的蔑称,此指楚国南部的少数民族。

乘鄂渚而反顾兮,	登上鄂渚我回头眺望,
欸秋冬之绪风[1]。	秋天的风儿凄苦悲凉。
步余马兮山皋,	我的马儿在山边漫步,
邸余车兮方林[2]。	我的车儿停放在林旁。
乘舲船余上沅兮,	驾着扁舟上溯沅水啊,
齐吴榜以击汰[3]。	齐力摇船桨拍水击浪。
船容与而不进兮,	船儿随波起伏难前进,
淹回水而疑滞[4]。	被漩涡拖着打转波荡。
朝发枉陼兮,	早晨我从枉渚出发后,
夕宿辰阳[5]。	晚上到达辰阳去投宿。
苟余心其端直兮,	如果我的心是正直的,
虽僻远之何伤。	放逐僻远之地又何妨。

【注释】

〔1〕乘:登。鄂渚(zhǔ):洲渚名,在今湖北鄂州。欸(āi):哀叹。绪风:余风。

〔2〕山皋:山边。邸(dǐ):同"抵"。方林:树林旁。

〔3〕舲(líng)船:有门窗的船。吴榜:大桨。汰:水波。

〔4〕容与:徘徊不前的样子。回水:漩涡。疑:同"凝"。

〔5〕枉陼(zhǔ):地名,在今湖南常德。辰阳:地名,在今湖南辰溪。

入溆浦余儃佪兮,　　　　　行到溆浦我开始彷徨,
迷不知吾所如[1]。　　　　心中迷惘不知该去哪。
深林杳以冥冥兮,　　　　茂密的山林一片阴暗,
乃猿狖之所居[2]。　　　　那本是猿猴住的地方。
山峻高以蔽日兮,　　　　高峻的大山遮天蔽日,
下幽晦以多雨。　　　　　山下淫雨霏霏很迷蒙。
霰雪纷其无垠兮,　　　　无边际的雪花在飞扬,
云霏霏而承宇[3]。　　　　阴云密布天上也无光。
哀吾生之无乐兮,　　　　可怜我的生活无乐趣,
幽独处乎山中。　　　　　孤独地住在高山老林。
吾不能变心而从俗兮,　　我不能变节随波逐流,
固将愁苦而终穷。　　　　当然就穷愁潦倒终生。
接舆髡首兮,　　　　　　接舆愤世剃去了头发,
桑扈嬴行[4]。　　　　　　桑扈穷困到裸体而行。
忠不必用兮,　　　　　　忠心的人啊不被重用,
贤不必以[5]。　　　　　　贤明的人求进反受苦。
伍子逢殃兮,　　　　　　伍子胥直言遭祸殃啊,
比干菹醢[6]。　　　　　　比干被剖心不得善终。
与前世而皆然兮,　　　　纵观历史都是这样啊,
吾又何怨乎今之人[7]!　　又何必抱怨今人行为!
余将董道而不豫兮,　　　但我坚持正道不动摇,
固将重昏而终身[8]!　　　宁可一生遭难没光明!

【注释】

〔1〕溆(xù)浦:地名,在今湖南溆浦一带。儃(chán)佪:徘徊。如:往。

〔2〕狖(yòu):长尾猿。

〔3〕霰(xiàn):雪珠。垠:边际。宇:天宇。

［4］接舆：人名，春秋时楚国隐士。髡（kūn）：剃发，古代的一种刑罚。桑扈（hù）：人名，古代隐士。臝：同"裸"字。

［5］以：用。

［6］伍子：伍员，号子胥，春秋吴之贤臣，曾劝吴王夫差灭越，夫差不听，后逼他自杀。比干：殷末贤臣，被纣王剖心而死。菹醢（zū hǎi）：剁成肉酱。

［7］与：读作"举"，全部的意思。

［8］董道：正道。重（chóng）昏：重重昏暗。朱熹《集注》："重复暗昧，终不复见光明也。"

乱曰：鸾鸟凤皇，	乱辞称：高贵的鸾鸟和凤凰啊，
日以远兮。	一天比一天飞得远了。
燕雀乌鹊，	卑微的燕雀和乌鹊啊，
巢堂坛兮［1］。	却把窝筑在庙堂上面。
露申辛夷，	美好的瑞香和辛夷啊，
死林薄兮［2］。	都枯死在野林丛草间。
腥臊并御，	腥的臊的都被重用啊，
芳不得薄兮［3］。	芳的香的却不得近前。
阴阳易位，	阴的阳的都位置颠倒，
时不当兮。	这世道真是失常大变。
怀信侘傺，	忠心的人反失意彷徨，
忽乎吾将行兮［4］。	我还不如飘然去流浪。

【注释】

［1］坛：祭坛。

［2］露申：瑞香，一种香草。《湘阴县图志》："露申，瑞香。"辛夷：香木名。薄：草木丛生曰薄。

［3］御：进用。

［4］忽：急速。

哀 郢

【题解】

本篇是屈原诸篇中写得最为悲苦哀切的一篇。此诗当作于诗人被疏离郢、南浮江湘时,时当顷襄王初年。诗中叙写了自己遭谗被疏、忠不见用的苦痛和无限伤感之情,痛斥了奸佞小人的误国败政,倾诉了自己对故国恋恋不舍的缠绵情怀。

皇天之不纯命兮, 老天爷你变化无常,
何百姓之震愆[1]。 为何让老百姓惊慌。
民离散而相失兮, 妻离子散家破人亡,
方仲春而东迁[2]。 正当二月逃往东方。
去故乡而就远兮, 离开家乡流浪远方,
遵江夏以流亡[3]。 沿着长江夏水流亡。
出国门而轸怀兮, 走出城门心里悲痛,
甲之鼌吾以行[4]。 甲日早上开始流浪。
发郢都而去闾兮, 离开郢都舍弃家园,
荒忽其焉极[5]? 六神无主心中迷茫。
楫齐扬以容与兮, 船桨齐划慢慢前行,
哀见君而不再得。 我不能再见到君王。
望长楸而太息兮, 望见故国乔木长叹,
涕淫淫其若霰[6]。 泪珠滚滚就像雪珠。
过夏首而西浮兮, 经过夏浦沿江西浮,
顾龙门而不见[7]。 回头不见郢都城墙。
心婵媛而伤怀兮, 心里牵挂无限忧伤,
眇不知其所蹠[8]。 前途渺茫去往何方。

九 章

顺风波以从流兮,	顺着风向随波逐流,
焉洋洋而为客。	居无定所四处流浪。

【注释】

[1]皇:大。不纯命:不命失常的意思。纯,常。百姓:指贵族、官僚集团。震:震动不安。愆(qiān):罪过。

[2]仲春:夏历二月。

[3]遵:循,沿。江夏:长江,夏水。

[4]国门:郢都城门。轸(zhěn)怀:内心痛苦。轸,痛。甲之鼂(zhāo):古时以干支纪日,甲之鼂即甲日的早晨。

[5]闾(lǘ):里门。荒忽:恍惚。焉极:哪里是尽头。

[6]楸(qiū):梓树,落叶乔木。

[7]夏首:长江与夏水的汇合处。龙门:指郢都的东城门。

[8]婵媛:牵挂,眷恋。眇(miǎo):同"渺",遥远。蹠(zhí):脚踏。所蹠,驻足之地。

凌阳侯之氾滥兮,	冒着洪波激流勇进,
忽翱翔之焉薄[1]。	像鸟儿不知往哪飞。
心絓结而不解兮,	心中烦乱无法摆脱,
思蹇产而不释[2]。	思虑不展心情郁闷。
将运舟而下浮兮,	掉转船头顺江东下,
上洞庭而下江。	过了洞庭就是长江。
去终古之所居兮,	离开祖辈居住之所,
今逍遥而来东。	只身一人来到东方。
羌灵魂之欲归兮,	魂牵梦萦想要回去,
何须臾而忘反。	从来没有忘记家乡。
背夏浦而西思兮,	背向夏浦思念郢都,
哀故都之日远[3]。	郢都遥远令人悲伤。

登大坟以远望兮，	登上高地纵目远望，
聊以舒吾忧心[4]。	暂且舒展九曲愁肠。
哀州土之平乐兮，	慨叹这里如此安宁，
悲江介之遗风[5]。	还保持着淳朴风气。
当陵阳之焉至兮，	面对波涛不知去哪，
淼南渡之焉如[6]。	大水茫茫怎么南渡。
曾不知夏之为丘兮，	谁知宫殿竟会变成废墟，
孰两东门之可芜[7]？	两座宫门竟会荒芜？
心不怡之长久兮，	听后心中不能平静，
忧与愁其相接。	我的新忧连着旧愁。
惟郢路之辽远兮，	想到归路那么遥远，
江与夏之不可涉。	长江和夏水也难渡。

【注释】

〔1〕凌：乘。阳侯：指大波涛。传说陵阳国侯溺水而死，化为波涛之神。焉薄：止于何处。薄，止。

〔2〕絓（guà）结：牵挂郁结。蹇（jiǎn）产：曲折纠缠。

〔3〕夏浦：指夏口，即今汉口。

〔4〕大坟：水边高地。

〔5〕江介：江边。

〔6〕陵阳：一说为地名，在今安徽青阳与石埭之间，因陵阳山而得名。一说"陵"同"凌"，"阳"即"阳侯"。

〔7〕夏：同"厦"，高大的房屋。两东门：郢都有一旧东门，一新东门，故言"两东门"，此指郢都。

忽若去不信兮，	时间太快难以相信，
至今九年而不复[1]。	离开郢都九年光阴。
惨郁郁而不通兮，	愁思郁积心情悲痛，

九 章

蹇侘傺而含戚[2]。	失意不安非常心伤。
外承欢之汋约兮，	表面讨好善于奉承，
谌荏弱而难持[3]。	实际内心很不可靠。
忠湛湛而愿进兮，	忠心耿耿为国效力，
妒被离而鄣之[4]。	谗妒小人从中阻挠。
尧舜之抗行兮，	尧舜的行为很高尚，
瞭杳杳而薄天[5]。	超出世俗直近云霄。
众谗人之嫉妒兮，	那些谗人嫉妒他们，
被以不慈之伪名[6]。	还说尧舜不慈不孝。
憎愠惀之修美兮，	楚王憎恨忠臣美德，
好夫人之忼慨[7]。	喜欢听浮夸的辞藻。
众踥蹀而日进兮，	谗人钻营日日进升，
美超远而逾迈[8]。	正人君子远远离开。
乱曰：曼余目以流观兮，	尾声：放开眼光四下观望，
冀壹反之何时[9]？	希望能够回去一趟。
鸟飞反故乡兮，	鸟飞再远总要返巢，
狐死必首丘[10]。	狐狸死时头向山冈。
信非吾罪而弃逐兮，	我确实无罪被流放，
何日夜而忘之！	日日夜夜心中难忘！

【注释】

[1] 忽：速。复：返。

[2] 蹇（jiǎn）：发语词。戚：忧伤。

[3] 承欢：邀取欢心。汋（chuò）约：同"绰约"，容态柔美的样子。谌（chén）：实在。荏弱：软弱。

[4] 湛湛：厚重诚恳的样子。被离：同"披离"，分散的样子。鄣：同"障"，阻塞。

[5] 抗行：高尚的行为。瞭：眼明。

〔6〕被：加上。不慈：尧、舜不把帝位传给自己儿子而传给贤人，因此被后人说成"不慈"。

〔7〕愠惀（yùn lǔn）：忠诚的样子。夫（fú）人：那些人，指群小。忼（kāng）慨："慷慨"，形容情绪激昂奋发的样子。

〔8〕踥蹀（qiè dié）：碎步快走的样子，一种卑恭相。超：远。逾迈：越来越远。

〔9〕曼：展开。流观：四处观望。

〔10〕首丘：头向山丘。

抽　思

【题解】

本篇是屈原被疏后，迁到汉北时所作。从内容来看，本篇大体可分两大部分："少歌"前部分追述进谏的始末，叙写谏君不听反被疏的情形；"倡"以下写独处汉北的情形。

心郁郁之忧思兮，	我心中郁结回转啊，
独永叹乎增伤。	独自长叹更添忧伤。
思蹇产之不释兮，	愁思如麻难理难剪，
曼遭夜之方长。	深沉的夜这样漫长。
悲秋风之动容兮，	秋风使草木枯黄啊，
何回极之浮浮〔1〕？	天地也在风中浮荡？
数惟荪之多怒兮，	想到君王总是生气，
伤余心之忧忧〔2〕。	使我的心痛苦难当。
愿摇起而横奔兮，	想快速奔跑离开你，
览民尤以自镇〔3〕。	为了人民又放弃了。
结微情以陈词兮，	把心中的话写成诗，
矫以遗夫美人〔4〕。	高举起来献给君主。

九 章

昔君与我诚言兮，	先前你曾和我约定，
曰黄昏以为期[5]。	把黄昏定成好时间。
羌中道而回畔兮，	谁知道你半路变心，
反既有此他志[6]。	违背前言改了主意。

【注释】

[1]动容：改变容颜。此句谓秋风使草木变色。回极：林云铭《楚辞灯》谓"回"乃"四"字之误，回极即四极，四方的边极。浮浮：水流的样子。

[2]荪：香草名，此喻楚怀王。忧忧：忧伤的样子。

[3]横奔：狂奔，此谓兼程飞奔。尤：罪过。镇：止。

[4]微情：内心之情。陈词：陈述，此指作《抽思》辞。矫：举。

[5]诚：一本作"成"，译文从之。古时于黄昏时举行婚礼，此句借以喻君臣结合。

[6]畔：古同"叛"。回畔：翻悔。

憍吾以其美好兮，	你对我夸耀长处啊，
览余以其修姱[1]。	你对我炫耀有美德。
与余言而不信兮，	跟我的约定不信守，
盖为余而造怒[2]？	为何还对我发脾气？
愿承间而自察兮，	想找机会解释明白，
心震悼而不敢[3]。	心里惊惧不敢行动。
悲夷犹而冀进兮，	犹豫也想告诉你啊，
心怛伤之憺憺[4]。	创伤使我心惊胆寒。
兹历情以陈辞兮，	我把这情形对你讲，
荪详聋而不闻[5]。	你装聋作哑不愿听。
固切人之不媚兮，	向来正直人不献媚，
众果以我为患[6]。	才会成为眼中之钉。

【注释】

〔1〕憍(jiāo)：同"骄"。览：炫耀。

〔2〕盍：同"盍"，为何。造怒：发怒。

〔3〕承间：趁闲。朱熹："闲，闲暇也。"震悼：惊惧。悼，惧也。

〔4〕夷犹：犹豫。怛：悲惨。憺(dàn)憺：安静的样子。此句言心中忧伤而静默不敢言。

〔5〕兹历情：一本作"历兹情"，译文从之。历：列举。兹：此。详：同"佯"，假装。

〔6〕切(qiè)人：正直的人。

初吾所陈之耿著兮，	当初我讲得多明白，
岂至今其庸亡[1]？	难道今天你就忘了？
何毒药之謇謇兮，	为什么我忠言直谏，
愿荪美之可完[2]。	只希望你大显美德。
望三五以为像兮，	三王五霸是好榜样，
指彭咸以为仪[3]。	我把彭咸当作样板。
夫何极而不至兮，	什么目标都能达到，
故远闻而难亏。	名声不朽传遍四方。
善不由外来兮，	美德全靠自己修养，
名不可以虚作。	名声不靠虚伪做作。
孰无施而有报兮，	不付出就没有回报，
孰不实而有获？	不结果怎会收满仓？
少歌曰：与美人抽怨兮，	小歌：我向君王抒发深情，
并日夜而无正[4]。	从早到晚没有公平。
憍吾以其美好兮，	你一味地向我炫耀，
敖朕辞而不听。	骄傲得什么也不听。
倡曰：有鸟自南兮，	唱：有只鸟儿从南来啊，

来集汉北[5]。	飞落在了汉水以北。
好姱佳丽兮,	羽毛丰满多么美丽,
牉独处此异域[6]。	孤孤单单栖息异乡。

【注释】

〔1〕庸：乃。亡：通"忘"。

〔2〕謇謇：直言的样子。光：发扬光大。王逸《章句》："光，一作究。"作"究"，失韵，光亡为韵，译文从"光"。

〔3〕三五：三王，指夏禹、商汤、周文王。五伯，指齐桓公、晋文公、秦穆公、宋襄公、楚庄王。王逸《章句》："三王五伯，可修法也。"

〔4〕少歌：乐歌音节名，即荀子《佹诗》中所称的"小歌"。抽怨：倾诉心中的委屈。抽，拔取。正：评判是非。戴震："正者，平其言之是非。"

〔5〕倡：同"唱"。王逸《章句》："起倡发声，造新曲也。"鸟：屈原自喻。

〔6〕牉（pàn）：一物中分为二。

既茕独而不群兮,	我孤苦伶仃无伴侣,
又无良媒在其侧。	也没好媒人在身旁。
道卓远而日忘兮,	路途遥遥你忘记我,
愿自申而不得。	我欲诉深情又无门。
望北山而流涕兮,	遥望北山眼泪流淌,
临流水而太息。	对着流水叹息哀伤。
望孟夏之短夜兮,	初夏的夜本来很短,
何晦明之若岁？	为什么今年这么长？
惟郢路之辽远兮,	郢都的路多么遥远,
魂一夕而九逝[1]。	可魂梦一夜跑九趟。
曾不知路之曲直兮,	不顾道路是弯是直,

楚辞

南指月与列星。　　只对着南天的星月。
愿径逝而不得兮，　　想径直南行没有路，
魂识路之营营[2]。　　魂灵找路来往奔忙。
何灵魂之信直兮，　　我的心多么正直啊，
人之心不与吾心同。　别人的心和我不同。
理弱而媒不通兮，　　理由不足不能沟通，
尚不知余之从容。　　谁知我心磊落坦荡。
乱曰：长濑湍流，　　尾声：长长的浅滩流水急，
溯江潭兮[3]。　　　　沿着汉江逆流而上。
狂顾南行，　　　　　我频频四顾向南行，
聊以娱心兮[4]。　　　聊以平慰我的愁肠。
轸石崴嵬，　　　　　高大的磐石拔地起，
蹇吾愿兮[5]。　　　　阻碍我南行的愿望。
超回志度，　　　　　究竟南渡还是北回，
行隐进兮[6]。　　　　犹豫不定脚下迟缓。

望北山而流涕兮，临流水而太息。

【注释】

〔1〕九：非确指，极言其多。

〔2〕径逝：径直而去。营营：往来不息的意思。

〔3〕濑（lài）：浅水滩。湍（tuān）：急流。溯：逆流而上。

〔4〕狂：犹"遽"。顾：瞻望。

〔5〕轸（zhěn）石：方石，此泛指大石。蹇（jiǎn）：阻碍。

九 章

〔6〕超：远。隐：安。隐进：因路险难行而慢慢地前进。

低佪夷犹，	走走停停不断徘徊，
宿北姑兮[1]。	夜晚到达北姑去投宿。
烦冤瞀容，	心烦意乱满怀苦楚，
实沛徂兮[2]。	想随着流水流向远方。
愁叹苦神，	我悲苦叹息又呻吟，
灵遥思兮[3]。	我的心思念着故乡。
路远处幽，	路又远啊地又偏僻，
又无行媒兮。	又没有媒人去传话。
道思作颂，	倾诉愁思写成诗章，
聊以自救兮[4],	来自我安慰宽愁肠。
忧心不遂，	忧心忡忡不遂心意，
斯言谁告兮！	这些话儿能对谁讲？

【注释】

〔1〕低佪：徘徊。北姑：地名，所在未详。
〔2〕瞀（mào）：心神烦乱。沛：水流的样子。徂：行。
〔3〕神：读作"呻"，呻吟。
〔4〕作颂：作诗，即写作本篇。

怀 沙

【题解】

司马迁《史记·屈原列传》："乃作怀沙之赋，遂自投汨罗以死。"这篇的写作时间大约可以定为投汨罗之前。

怀沙的含义有两种说法：一、怀抱沙石而自沉的意思；二、蒋骥《山带阁注楚辞》认为是怀念长沙。今从第二说。

滔滔孟夏兮，	初夏天暖风和日丽，
草木莽莽[1]。	草木茂盛蓬勃生长。
伤怀永哀兮，	我的心却无限悲哀，
汩徂南土[2]。	急急忙忙奔向南方。
眴兮杳杳，	瞻望前途一片茫茫，
孔静幽默[3]。	四周寂静毫无声响。
郁结纡轸兮，	此时我心痛如刀割，
离愍而长鞠[4]。	遭受贫苦伤痕累累。
抚情效志兮，	扪心自问我的心意，
冤屈而自抑[5]。	冤枉也要克制自己。
刓方以为圜兮，	要把方的削成圆的，
常度未替[6]。	平时的规矩不能变。
易初本迪兮，	要改变当初的理想，
君子所鄙[7]。	正直的人就会看轻。
章画志墨兮，	规矩应该明确牢记，
前图未改[8]。	前人的法度不能改。
内厚质正兮，	内心忠厚品质端正，
大人所盛[9]。	会得到圣贤的赞许。
巧倕不斫兮，	巧匠不动他的斧头，
孰察其拨正[10]？	怎么知道曲直标准？
玄文处幽兮，	黑色花纹放在暗处，
矇瞍谓之不章[11]。	盲人说它并不漂亮。
离娄微睇兮，	离娄看物只瞥一眼，
瞽以为无明[12]。	盲人认为他没眼睛。
变白以为黑兮，	把白的与黑的弄混，
倒上以为下。	把上的颠倒作为下。
凤皇在笯兮，	美丽的凤凰关进笼，

九 章

鸡鹜翔舞^[13]。　　　　却让鸡鸭到处飞翔。

【注释】

〔1〕滔滔:和暖。

〔2〕汩(yù):水流疾貌。徂:往。

〔3〕眴(shùn)兮:视貌。闻一多《楚辞校补》:"'眴'当作'瞬',句末当补兮字。"孔:很,甚。幽默:沉寂无声。

〔4〕纡(yū):委屈。轸(zhěn):悲痛。离:借作"罹",遭遇。慜(mǐn):同"愍",忧患。鞠:窘困。

〔5〕效:验。自抑:自行抑制。

〔6〕刓(wán):削,刻。圜(yuán):同"圆"。常度:正常的法度。替:废。

〔7〕迪:道路。本迪,即改变常道之意。

〔8〕章:明。志:记。墨:绳墨,借指法度。前图:初志,原来的打算。

〔9〕内:内心。大人:犹"君子"。盛:赞许。

〔10〕倕(chuí):相传为尧时的巧匠。斫(zhuó):砍削。拨:弯曲。

〔11〕玄文:黑色的彩绘。矇瞍(méng sǒu):有眼珠而看不见谓矇,有眼无珠称瞍,这里泛指盲人。

〔12〕离娄:也称离朱,相传为黄帝时人,视力极强,能于百步之外明察秋毫。

〔13〕笯(nú):竹笼。鹜(wù):野鸭。

凤皇在笯兮,鸡鹜翔舞。

同糅玉石兮，	美玉顽石混在一起，
一概而相量[1]。	人们以为一模一样。
夫惟党人鄙固兮，	群小多么卑鄙顽固，
羌不知余所臧[2]。	全不了解我的高尚。
任重载盛兮，	我肩负着国家重任，
陷滞而不济。	却陷入困境难自救。
怀瑾握瑜兮，	尽管手握珍宝美玉，
穷不知所示[3]。	穷困中不知献给谁。
邑犬之群吠兮，	村里的群狗在乱叫，
吠所怪也。	它们见到了奇怪事。
非俊疑杰兮，	否定英雄怀疑豪杰，
固庸态也[4]。	是庸人惯用的伎俩。

【注释】

〔1〕概：古时斗量米时用以刮平斗斛的木器。

〔2〕夫：指示代词，那。惟：思。鄙固：鄙陋顽固。臧（zāng）：善。

〔3〕瑾、瑜：均为美玉名。示：给人看。

〔4〕非：诽谤。疑：猜忌。

文质疏内兮，	外表疏放语言迟钝，
众不知余之异采[1]。	谁知我的才能出众。
材朴委积兮，	像栋梁之材空堆积，
莫知余之所有[2]。	没人知道我的潜力。
重仁袭义兮，	我积累品德求仁义，
谨厚以为丰[3]。	为人谨慎充实自己。
重华不可遻兮，	虞舜不能再遇到了，
孰知余之从容[4]？	谁又理解我的用意？

九 章

古固有不并兮，	自古圣贤生不同时，
岂知其何故？	怎知为什么会这样？
汤禹久远兮，	商汤夏禹离得太远，
邈而不可慕。	远得使我无法思慕。
惩连改忿兮，	今后不再怨恨愤怒，
抑心而自强[5]。	克制内心锻炼自己。
离愍而不迁兮，	忧患没有使我变节，
愿志之有像[6]。	愿意成为后人榜样。
进路北次兮，	向北进发暂且停歇，
日昧昧其将暮[7]。	太阳西沉暮色苍茫。
舒忧娱哀兮，	我要排遣忧愁悲伤，
限之以大故[8]。	最好的办法是死亡。
乱曰：浩浩沅湘，	尾声：汹涌的沅江和湘江，
分流汨兮[9]。	一日千里各自流淌。
修路幽蔽，	漫长道路幽深昏暗，
道远忽兮[10]。	前途遥远而且渺茫。

【注释】

[1] 文：指外表。

[2] 朴：没有加工过的原木。

[3] 袭：重叠。

[4] 遌（è）：遇。

[5] 惩：止。惩连：止恨。

[6] 像：楷模，榜样。

[7] 次：止宿。

[8] 大故：死的委婉说法。

[9] 分：一作"汾"。

[10] 忽：渺茫的意思。

怀质抱情，	我品质美好多激情，
独无匹兮[1]。	但是谁是我的知音。
伯乐既没，	会相马的伯乐死了，
骥焉程兮[2]。	千里马现在谁来评。
民生禀命，	人生在世领受天命，
各有所错兮[3]。	各人命运由天注定。
定心广志，	安下心来放宽胸襟，
余何畏惧兮。	没有什么可怕的事。
曾伤爰哀，	伤痕累累无限悲哀，
永叹喟兮[4]。	心情让我叹息不尽。
世溷浊莫吾知，	社会黑暗没人理解，
人心不可谓兮。	人心叵测难以评说。
知死不可让，	我知道死不可避免，
愿勿爱兮。	我对生命舍得抛弃。
明告君子，	那光明磊落的前贤，
吾将以为类兮[5]。	我们将永远在一起。

【注释】

[1] 情：思想。匹：朱熹认为是"正"字之误。
[2] 伯乐：春秋时人，以善相马闻名。程：衡量。
[3] 错：同"措"，安排。
[4] 曾：同"增"。爰：哀哭不止。
[5] 类：同类。

思美人

【题解】

美人，指楚怀王。思美人，思念怀王，希望他能幡然悔悟。

九章

思美人兮，	美人啊我多么思念，
擥涕而伫眙[1]。	揩干了涕泪久久盼。
媒绝路阻兮，	无人说合道路不畅，
言不可结而诒[2]。	要说的话也无法讲。
蹇蹇之烦冤兮，	正直带来烦恼忧伤，
陷滞而不发[3]。	愁思无法表达出口。
申旦以舒中情兮，	我日日想表明心意，
志沉菀而莫达[4]。	沉闷压抑郁结心头。
愿寄言于浮云兮，	想托浮云传情达意，
遇丰隆而不将[5]。	遇到云神不讲情面。
因归鸟而致辞兮，	想托归鸟送去锦书，
羌宿高而难当[6]。	它飞得高很难胜任。
高辛之灵盛兮，	帝喾之灵德行美好，
遭玄鸟而致诒[7]。	遇到玄鸟送去礼品。
欲变节以从俗兮，	舍弃廉耻随波逐流，
媿易初而屈志[8]。	我又不愿心中有愧。
独历年而离愍兮，	长年孤独遭受忧患，
羌冯心犹未化[9]。	愤懑心情丝毫未减。
宁隐闵而寿考兮，	宁可一生忍受痛苦，
何变易之可为[10]！	怎么能够改变我心。
知前辙之不遂兮，	明知以前很不顺利，
未改此度[11]。	但也不愿改变态度。
车既覆而马颠兮，	尽管车已翻马倒下，
蹇独怀此异路[12]。	偏走与众不同的路。
勒骐骥而更驾兮，	又登上千里马的车，
造父为我操之[13]。	能手造父给我赶车。
迁逡次而勿驱兮，	车儿慢慢走不着急，
聊假日以须时[14]。	暂时休息等待时机。

楚 辞

指嶓冢之西隈兮，　　车子奔向嶓冢西边，
与纁黄以为期[15]。　　直到黄昏才停下来。

【注释】

〔1〕擥涕：拭泪。擥，同"揽"。眙：瞪眼直视。

〔2〕结：缄，此指写信。

〔3〕謇謇：直言的样子。发：进发。

〔4〕申旦：日日。菀（yùn）：郁结、积滞。

〔5〕丰隆：云神。将：送。《诗·邶风·燕燕》："之子于归，远于将之。"郑玄笺："将亦送也。"

〔6〕宿：当作"迅"，即速度快。当：遇。

〔7〕高辛：帝喾。玄鸟：燕子。诒：通"贻"，指聘礼。

〔8〕媿：同"愧"。

〔9〕冯（píng）心：凭心，愤懑之心。

〔10〕隐闵：忍痛。

〔11〕不遂：不顺利。

〔12〕謇：发语词。

勒骐骥而更驾兮，造父为我操之。

〔13〕造父：周穆王时人，以善于驾车著称。

〔14〕迁：延。逡（qūn）次："逡巡"，徘徊不前的意思。须时：等待一会儿。

〔15〕嶓（bō）冢：山名，大约是蜿蜒于陕甘交界处的山脉名称，流水的发源处。隈（wēi）：山崖。纁（xūn）：通"曛"，曛黄，犹昏黄，即黄昏。

九 章

开春发岁兮,	春天来临一年开始,
白日出之悠悠。	白天的时间越发长。
吾将荡志而愉乐兮,	我要放松尽情娱乐,
遵江夏以娱忧[1]。	沿着江夏排遣忧虑。
掔大薄之芳茝兮,	我采草木中的芳芷,
搴长洲之宿莽[2]。	摘下长洲上的宿莽。
惜吾不及古人兮,	可惜我没赶上前贤,
吾谁与玩此芳草[3]?	和谁一同欣赏群芳?
解萹薄与杂菜兮,	采摘些萹蓄和杂菜,
备以为交佩[4]。	用它们做左右佩带。
佩缤纷以缭转兮,	萹蓄杂菜好看一时,
遂萎绝而离异[5]。	不久就会凋谢枯败。
吾且儃佪以娱忧兮,	我在这里徘徊消忧,
观南人之变态[6]。	观赏一下奸人丑态。
窃快在中心兮,	他们心中暗暗喜悦,
扬厥凭而不竢[7]。	装作生气来摆威风。
芳与泽其杂糅兮,	香花污秽混杂一起,
羌芳华自中出。	花香总不会被掩盖。
纷郁郁其远承兮,	缕缕花香远远散发,
满内而外扬[8]。	馥郁香气充满内外。
情与质信可保兮,	外表本质的确美好,
羌居蔽而闻章[9]。	处境虽劣名扬四海。

【注释】

〔1〕荡志: 纵情。娱忧: 消忧。

〔2〕薄: 草木丛生的地方。搴(qiān): 拔取。宿莽: 香草名。

〔3〕不及: 没有赶上。

〔4〕解: 采。萹(biān): 萹蓄, 亦名萹竹, 一年生草本

植物。

〔5〕缭转：纠缠。

〔6〕南人：指楚国江南一带的人。变态：异状。

〔7〕窃快：暗喜。厥：其。竢：等待。

〔8〕承："烝"，气味向外飘扬发散。

〔9〕闻章：名声昭著。

令薛荔以为理兮，　　　想用薛荔去做媒介，
惮举趾而缘木[1]。　　　又不愿抬脚上树摘。
因芙蓉而为媒兮，　　　想让芙蓉前去说合，
惮褰裳而濡足[2]。　　　又不愿提裤下水采。
登高吾不说兮，　　　　高攀让我心里不悦，
入下吾不能[3]。　　　　低就也让我心不快。
固朕形之不服兮，　　　这本不合我的习惯，
然容与而狐疑[4]。　　　心中犹豫上下徘徊。
广遂前画兮，　　　　　还是坚持从前打算，
未改此度也[5]。　　　　这种态度一直不变。
命则处幽，吾将罢兮，　人到黄昏万事皆休，
愿及白日之未暮[6]。　　要抓紧白天的时光。
独茕茕而南行兮，　　　我孤单地向南走去，
思彭咸之故也[7]。　　　彭咸故迹使我思念。

【注释】

〔1〕理：提亲人。

〔2〕褰（qiān）：同"褰"。褰裳，撩起衣襟。濡：沾湿。

〔3〕说：同"悦"。

〔4〕形：身。服：用。

〔5〕广遂：全面完成。

〔6〕罢：疲。及：趁着。

[7] 茕茕：孤独的样子。故：故迹，遗迹。

惜往日

【题解】

本篇以首句"惜往日"名篇，从内容上看，可能是屈原最后的作品，创作时间估计离他自沉汨罗江不会太久。

惜往日之曾信兮，	过去曾经深受信任，
受命诏以昭诗[1]。	领受诏令时世清明。
奉先功以照下兮，	遵奉先王教育百姓，
明法度之嫌疑[2]。	法度严密无隙可乘。
国富强而法立兮，	国家富强法律制定，
属贞臣而日娭[3]。	忠臣执政天下太平。
秘密事之载心兮，	国家机密放在心里，
虽过失犹弗治[4]。	纵有差错君王包容。
心纯庬而不泄兮，	我心纯厚态度严谨，
遭谗人而嫉之[5]。	遭到谗佞嫉恨万分。
君含怒而待臣兮，	君王听信含怒对我，
不清澂其然否[6]。	也不明察是假是真。
蔽晦君之聪明兮，	谗言蒙蔽君王视听，
虚惑误又以欺[7]。	无中生有以假乱真。
弗参验以考实兮，	君王也不考察核实，
远迁臣而弗思[8]。	下令放逐不念旧情。
信谗谀之溷浊兮，	听信了丑恶的谗言，
盛气志而过之[9]。	盛气凌人降罪于我。

=== 楚辞 ===

临沅湘之玄渊兮,遂自忍而沉流。

【注释】

〔1〕曾信:曾经被信任重用。命诏:诏命,君王所颁布的号令。

〔2〕照下:昭示下民。嫌疑:指法度中含糊不清之处。

〔3〕属(zhǔ):付托。贞臣:忠贞之臣。娭(xī):同"嬉"。

〔4〕秘密事:指治国之机密大事。治:治罪。

〔5〕纯厖(máng):纯朴厚道。

〔6〕清澂:澄清,弄清事实真相。澂,同"澄"。然否:是与不是,对错。

〔7〕虚:无中生有。惑:颠倒是非。误:陷害人。

〔8〕参验:比较验证。迁:放。

〔9〕盛气志:盛气凌人。

何贞臣之无罪兮,	为什么忠臣没犯罪,
被离谤而见尤[1]。	却要被诽谤受责罚。
惭光景之诚信兮,	真惭愧啊光影不离,
身幽隐而备之[2]。	隐居暗处感受不到。
临沅湘之玄渊兮,	面对沅江湘江渊底,
遂自忍而沉流。	想要忍受艰苦投江。
卒没身而绝名兮,	最终命断名声断绝,
惜壅君之不昭[3]。	可惜君王仍受蒙蔽。
君无度而弗察兮,	君王没分寸不明察,

九 章

使芳草为薮幽[4]。	竟让杂草埋没香草。
焉舒情而抽信兮?	到哪能够抒发真情?
恬死亡而不聊[5]。	安然死去不愿偷生。
独鄣壅而蔽隐兮,	只是君王还受蒙蔽,
使贞臣为无由[6]。	任用忠臣已不可能。

【注释】

〔1〕离:借为"罹",遭也。尤:责备。

〔2〕光景(yǐng):光和影,指天日。备:闻一多校作"避"。"案备字无义,疑当为避,声之误也。避谓避光景,有惭于光景,故欲避之而隐身于玄渊之中也。"(《楚辞校补》)

〔3〕壅(yōng)君:犹言昏君。不昭:不明。

〔4〕无度:心中无分寸。为:于。薮(sǒu)幽:大泽深幽处。

〔5〕焉:何。抽信:陈述忠诚。恬:安然。不聊:不苟且偷生。

〔6〕无由:无从。

闻百里之为虏兮,	百里奚曾当过俘虏,
伊尹烹于庖厨[1]。	伊尹烹调做过司厨。
吕望屠于朝歌兮,	姜尚在朝歌当屠户,
宁戚歌而饭牛[2]。	宁戚边喂牛边唱歌。
不逢汤武与桓缪兮,	不遇汤武齐桓秦穆,
世孰云而知之[3]。	谁能了解他们长处。
吴信谗而弗味兮,	吴王轻易听信谗言,
子胥死而后忧[4]。	伍胥死后忧患到来。
介子忠而立枯兮,	介子推忠却被烧死,
文君寤而追求[5]。	晋文公觉悟已太迟。

封介山而为之禁兮,	封赐介山禁止打柴,
报大德之优游[6]。	报答他的仁厚大德。
思久故之亲身兮,	多年上下患难与共,
因缟素而哭之[7]。	穿着丧服涕泪横流。
或忠信而死节兮,	有的人因忠诚而死,
或訑谩而不疑[8]。	有的人因欺诈做官。
弗省察而按实兮,	不去调查尊重事实,
听谗人之虚词。	专听谗人说的假话。
芳与泽其杂糅兮,	香臭不分混杂一起,
孰申旦而别之。	谁能清清楚楚分辨。

【注释】

〔1〕百里:百里奚,春秋时虞国的大夫,后被晋献公所俘,作为献公女儿的陪嫁奴隶送给秦穆公。百里奚中途逃走,被楚国守边的人捉住,秦穆公知其是贤才,用五张羊皮把他赎回,任为大夫。后百里奚助秦穆公成就了霸业。伊尹:原为有莘氏的陪嫁奴隶,曾做过厨子,后任商汤的相,助汤政灭夏桀。

〔2〕吕望:吕尚,本姓姜,因先代封于吕遂取以为氏。传说他未发迹时,曾在朝歌(今河南淇县)当屠夫,晚年钓于渭水之滨,得文王重用,后助武王灭商。宁戚:春秋时卫国人。家贫,为人挽车,至齐,夜于车下喂牛,扣牛角而歌,齐桓公闻而异之,拜为上卿,后迁国相。

〔3〕桓:指齐桓公。缪:同"穆",指秦穆公。云:句中语助词。

〔4〕吴:指吴王夫差。弗味:不能体味辨别。子胥:伍子胥,名员,吴国贤臣。吴王夫差不纳伍子胥灭越的忠言,反听信了太宰伯嚭的谗言,逼他自杀。不久吴竟亡于越。

〔5〕立枯:指抱树站着被烧死。文君:晋文公。

〔6〕禁:封山。优游:言德之大。介子推在晋文公逃亡途

九 章

中,曾割股给文公吃,故称介子推有"大德"。

〔7〕久故:老朋友。亲身:指介子推割股事。

〔8〕訑谩(dàn màn):欺诈。訑,通"诞"。

何芳草之早殀兮,	为何香草过早凋零,
微霜降而下戒[1]。	微霜下降未曾提防。
谅聪不明而蔽壅兮,	君王耳目深受蒙蔽,
使谗谀而日得[2]!	使谗人者得意扬扬。
自前世之嫉贤兮,	自古贤人总受嫉恨,
谓蕙若其不可佩[3]。	还说香草不可佩戴。
妒佳冶之芬芳兮,	嫉妒美人芬芳袭人,
嫫母姣而自好[4]。	丑妇搔首故作姿态。
虽有西施之美容兮,	纵有西施美好容貌,
谗妒入以自代。	谗妒的人也会取代。
愿陈情以白行兮,	我想自我表明心意,
得罪过之不意。	得到罪过实在意外。
情冤见之日明兮,	我的冤情日益分明,
如列宿之错置[5]。	就像星辰清晰可见。
乘骐骥而驰骋兮,	想骑骏马纵横驰骋,
无辔衔而自载[6]。	没有缰绳只能用手。
乘氾泭以下流兮,	想乘木筏顺流远航,
无舟楫而自备[7]。	没有船桨自己安排。
背法度而心治兮,	违背法度听任心意,
辟与此其无异[8]。	就和前例同样荒谬。
宁溘死而流亡兮,	宁可死去魂魄离散,
恐祸殃之有再[9]。	担心再次遭到祸殃。
不毕辞而赴渊兮,	话未说完就要投江,
惜壅君之不识!	糊涂君王不懂我心!

【注释】

〔1〕下：一本作"不"，译文从之。

〔2〕谅：诚，实在。

〔3〕蕙（huì）若：蕙草和杜若，均为香草。

〔4〕佳冶：美人。嫫（mó）母：古代丑妇，传为黄帝次妃。自好：自以为美好。

〔5〕列宿：列星，众星。错置：陈列。错，通"措"。

〔6〕衔：勒马口的马嚼子。此言谓空手驾驭。

〔7〕氾（fàn）：同"泛"。泭（fū）：同"桴"，竹木筏。舟：朱熹《集注》"舟字疑当作维"。

〔8〕心治：凭主观意志治理国家。辟：通"譬"。

〔9〕溘：忽然。

橘　颂

【题解】

本篇从内容和风格上看，应是屈原早年的作品。屈原通过对橘树的高贵品质的赞颂，表现了自己的人格。这首诗把咏物和抒情紧密结合，对后来的咏物诗产生了深远的影响。

后皇嘉树，	天地间最美的树，
橘徕服兮[1]。	是橘树习服水土。
受命不迁，	天生习性不能移，
生南国兮[2]。	只长在南国荆楚。
深固难徙，	根深坚牢难迁移，
更壹志兮。	因为它心志专一。
绿叶素荣，	碧绿叶子白花朵，

九 章

纷其可喜兮[3]。	缤纷一片令人喜。
曾枝剡棘,	枝条繁密刺儿尖,
圆果抟兮[4]。	圆圆果实真饱满。
青黄杂糅,	绿中透出点点黄,
文章烂兮[5]。	色彩真是太斑斓。
精色内白,	外表鲜艳内纯洁,
类可任兮[6]。	如同那贤人志士。
纷缊宜修,	橘香浓郁修饰得体,
姱而不丑兮[7]。	生得又美好无比。

【注释】

[1] 后皇：天地的代称。后，后土。皇，皇天。徕（lái）：同"来"。服：习服。

[2] 受命：受自然之命，即天性。

[3] 素荣：白花。

[4] 曾枝，犹繁枝。曾，通"增"。剡（yǎn）：尖利。棘：刺。抟（tuán）：同"团"，圆圆的。

[5] 文章：花纹。

[6] 精色：色彩鲜明。类可任兮：一本作"类任道兮"。

[7] 纷缊（yùn）：茂密。宜修：修饰得体。姱（kuā）：美好。

嗟尔幼志,	叹你自幼的志气,
有以异兮。	就与众人不相同。
独立不迁,	卓然独立从不变,
岂不可喜兮？	怎不令人惊又喜？
深固难徙,	根深坚固难迁徙,
廓其无求兮[1]。	心胸坦荡有理想。
苏世独立,	你清醒地在世上,

横而不流兮[2]。
闭心自慎,
不终失过兮[3]。
秉德无私,
参天地兮[4]。

绝水横渡不媚俗。
绝私欲谨慎自守,
自始至终不犯错。
坚守美德不偏私,
为人高尚配天地。

【注释】

〔1〕廓:指胸襟豁达。
〔2〕苏世:醒世。横:横渡。流:顺流。
〔3〕闭心:就是不思外欲的意思。
〔4〕参:合。这里是匹配的意思。

愿岁并谢,
与长友兮。

愿岁并谢,
与长友兮[1]。
淑离不淫,
梗其有理兮[2]。
年岁虽少,
可师长兮。
行比伯夷,
置以为像兮[3]。

愿与日月共生死,
长结友谊不离弃。
至善至美不过分,
枝干竖直有纹理。
虽然年纪不太大,
却可做人的老师。
你的品行像伯夷,
做榜样供人学习。

【注释】

〔1〕并谢:共生死。

〔2〕淑：善。离：通"丽"。淫：放纵，过分。理：纹理。

〔3〕伯夷：殷末人，因反对武王灭殷，坚决不食周粟，饿死在首阳山。

悲回风

【题解】

本篇以首句名篇。回风就是旋风。

悲回风之摇蕙兮，	悲叹旋风撕卷蕙草，
心冤结而内伤。	我心头郁结而忧伤。
物有微而陨性兮，	蕙草柔弱易被摧残，
声有隐而先倡[1]。	秋风无形影响巨大。
夫何彭咸之造思兮，	为何总是思慕彭咸，
暨志介而不忘[2]。	他的高尚令人难忘。
万变其情岂可盖兮，	千变万化难掩真相，
孰虚伪之可长[3]！	虚情假意怎能长久？
鸟兽鸣以号群兮，	鸟兽鸣叫唤来同伴，
草苴比而不芳[4]。	鲜草靠近枯草变枯。
鱼葺鳞以自别兮，	鱼儿鼓鳞炫示自己，
蛟龙隐其文章[5]。	蛟龙潜底隐藏美丽。
故荼荠不同亩兮，	荼与荠从不种一起，
兰茝幽而独芳[6]。	深山兰芷独具芳香。
惟佳人之永都兮，	佳人才能永葆美好，
更统世而自贶[7]。	怡然自得永世流传。
眇远志之所及兮，	我的志向那么远大，
怜浮云之相羊[8]。	可惜像白云在天上。

介眇志之所惑兮,	我的志向不被理解,
窃赋诗之所明^[9]。	我只好赋诗表内心。
惟佳人之独怀兮,	我孤独幽怨的情怀啊,
折若椒以自处^[10]。	折杜若和椒枝陪自己。
曾歔欷之嗟嗟兮,	一次次地长吁短叹啊,
独隐伏而思虑^[11]。	人虽隐居可思虑难息。
涕泣交而凄凄兮,	我伤心的眼泪不停流,
思不眠以至曙。	彻夜不眠愁思如缕。
终长夜之曼曼兮,	漫漫长夜终于熬过了,
掩此哀而不去^[12]。	心中哀愁依然停留。
寤从容以周流兮,	我还是动身去游荡吧,
聊逍遥以自恃^[13]。	姑且逍遥自解愁绪。
伤太息之愍怜兮,	悲伤叹息我的不幸啊,
气於邑而不可止^[14]。	满怀的苦闷难纾解。
纠思心以为纕兮,	满心愁思结成佩带,
编愁苦以为膺^[15]。	满怀愁苦编成内衣。
折若木以蔽光兮,	折一枝若木遮阳光,
随飘风之所仍^[16]。	任随旋风把我吹去。

【注释】

〔1〕物：指蕙草。性：通"生"。声：指秋风。

〔2〕造思：思念。暨：与。介：节操。

〔3〕盖：掩盖，藏。

〔4〕苴（chá）：枯草。比：靠近。

〔5〕茸：整治。文章：光采，指蛟龙的鳞甲。

〔6〕荼（tú）：苦菜。荠（jì）：甜菜。

〔7〕都：美好。更：经历。统世：世代。贶（kuàng）：通"况"，给与、赐与。自贶，犹自许。

九 章

[8] 眇（miǎo）：高远的样子。相羊：同"徜徉"，这里形容白云飘浮不定。

[9] 介眇志：高远的志向。

[10] 惟：思。

[11] 曾：同"增"。

[12] 掩：留的意思。不去：不能去怀。

[13] 周流：四处游荡。自恃：自娱，自我排遣。

[14] 於邑：同"郁悒"，气闷。

[15] 纕（xiāng）：佩带。膺：胸，这里指护胸的内衣。

[16] 仍：因，循。

存髣髴而不见兮，　　　眼前模糊看不清楚，
心踊跃其若汤[1]。　　　心像沸水一样沸腾。
抚珮衽以案志兮，　　　整一整衣裳稳稳神，
超惘惘而遂行[2]。　　　恍惚茫然地往前走。
岁曶曶其若颓兮，　　　岁月匆匆时间流逝，
时亦冉冉而将至[3]。　　我的生命也到尽头。
薠蘅槁而节离兮，　　　芳草枯萎枝叶飘零，
芳以歇而不比[4]。　　　花朵凋谢香气尽收。
怜思心之不可惩兮，　　我的愁思永远不止，
证此言之不可聊[5]。　　我的表白无济于事。
宁逝死而流亡兮，　　　我宁愿死去漂泊啊，
不忍为此之常愁。　　　也不忍心中这样苦。
孤子吟而抆泪兮，　　　像孤儿呻吟擦眼泪，
放子出而不还[6]。　　　我像弃儿不得回去。
孰能思而不隐兮，　　　谁能想起心里不痛，
照彭咸之所闻[7]。　　　我决心走彭咸的路。
登石峦以远望兮，　　　登上高山向远望啊，

路眇眇之默默。	漫漫长路死气沉沉。
入景响之无应兮,	进入无影响的境界,
闻省想而不可得[8]。	视听思考都不可能。
愁郁郁之无快兮,	只有愁苦没有欢乐,
居戚戚而不可解[9]。	满心愁苦解决不了。
心鞿羁而不开兮,	心被束缚不得舒展,
气缭转而自缔[10]。	像用绳索把它捆紧。

【注释】

〔1〕髣髴：仿佛，看不真切。汤：滚开的水。

〔2〕袿：衣襟。案：按捺。超：借作"怊"，失意的样子。惘惘：若有所失的样子。

〔3〕时：指生命的时限。曶（hū）曶：同"忽忽"。

〔4〕蘋（fán）、蘅（héng）：均为香草名。节离：茎节断折。不比：不聚在一起，即飘零离散。

〔5〕慭：止。聊：赖。

〔6〕扲：拭。放子：被逐出的人。

〔7〕隐：心痛。闻：名声。一说闻乃闲字之误，闲，法则，规范。

〔8〕景：同"影"。省：目察。

〔9〕居：闻一多《楚辞校补》"疑居为思之误"，译文从之。

〔10〕鞿（jī）羁：马缰绳，这里指受约束。缭转：缠绕。缔：结。

穆眇眇之无垠兮,	宇宙渺茫无边无际,
莽芒芒之无仪[1]。	苍茫空荡无象无形。
声有隐而相感兮,	秋声虽小草木听到,
物有纯而不可为[2]。	蕙草纯真难抵秋风。

九 章

藐漫漫之不可量兮,	世事茫茫不可预料,
缥绵绵之不可纡[3]。	愁思不断缥缈绵长。
愁悄悄之常悲兮,	愁满心怀使我悲苦,
翩冥冥之不可娱[4]。	暗中起舞也难欢畅。
凌大波而流风兮,	驾着波涛顺风漂流,
托彭咸之所居[5]。	去彭咸居住的地方。
上高岩之峭岸兮,	我登上高山峭壁啊,
处雌蜺之标颠[6]。	坐在五彩的虹霓之上。
据青冥而摅虹兮,	我在天空吐气成虹,
遂倏忽而扪天[7]。	突然挥手抚摸青天。
吸湛露之浮源兮,	我吸饮的甘露多凉爽,
漱凝霜之雰雰[8]。	又漱着片片的霜花。
依风穴以自息兮,	我在风穴旁休息啊,
忽倾寤以婵媛[9]。	忽然醒来又发愁怨。

【注释】

[1]穆:静。垠:边际。芒芒:同"茫茫"。仪:形。

[2]声:指秋声。感:感应。纯:纯真的本性。

[3]藐:遥远。缥(piāo):缥缈。纡:系结。

[4]悄(qiǎo)悄:忧愁的样子。翩:指神思飞翔。

[5]流风:顺风漂流。

[6]雌蜺:蜺,霓,副虹。虹蜺常有二环,内环色艳,称虹,谓之雄性;外环色淡,称蜺,古人谓之雌性。

[7]青冥:青天。摅(shū):抒发,舒展。扪:摸。

[8]浮源:一本"源"作"凉",姜亮夫认为二者皆不可通,疑源为浮之误,浮浮与下文相对。浮浮,露水浓重的样子。漱:漱口。雰:霜浓重的样子。

[9]风穴:神话中风之出处。倾寤:转身醒来。婵媛:伤

感,悲伤。

冯昆仑以瞰雾兮,	背靠昆仑俯瞰云雾,
隐岷山以清江[1]。	依凭岷山俯视江水。
惮涌湍之礚礚兮,	急流击石令人惊心,
听波声之汹汹[2]。	涛声不绝震响耳畔。
纷容容之无经兮,	江水横流纷乱无序,
罔芒芒之无纪[3]。	茫茫江水汪洋一片。
轧洋洋之无从兮,	波涛滚滚不知去哪,
驰委移之焉止[4]!	弯弯曲曲尽头在哪!
漂翻翻其上下兮,	浪涛翻滚忽上忽下,
翼遥遥其左右[5]。	或左或右两边翻腾。
氾潏潏其前后兮,	前浪刚起又来后浪,
伴张弛之信期[6]。	伴随潮汐同涨同落。

【注释】

〔1〕冯(píng):同"凭"。隐:凭依。岐:同"岷"。

〔2〕礚(kē)礚:水石相击声。

〔3〕容容:同"溶溶",动乱的样子。无经:无经纬的省文。南北称经,东西称纬。芒芒:同"茫茫"。无纪:没有条理。

〔4〕轧:指波涛相撞击。无从:漫无所从。委

望大河之洲渚兮,悲申徒之抗迹。

九 章

移：同"逶迤"，水流宛曲的样子。

〔5〕漂：漂浮，飞动。

〔6〕潏（jué）：水涌出的样子。张弛：涨落的意思。信期：潮汐有一定规律，涨落有时。

观炎气之相仍兮，	火焰烟气不断循环，
窥烟液之所积[1]。	凝聚成雨露和云烟。
悲霜雪之俱下兮，	悲叹霜雪飘落大地，
听潮水之相击。	潮水撞击响在耳边。
借光景以往来兮，	驾着神光上下往来，
施黄棘之枉策[2]。	黄棘神木当成马鞭。
求介子之所存兮，	寻求介子推的居处，
见伯夷之放迹[3]。	发现了伯夷的遗址。
心调度而弗去兮，	心里思忖不忍离开，
刻著志之无适[4]。	下定决心不去别处。
曰：吾怨往昔之所冀兮，	尾声：怨恨以往理想破灭，
悼来者之愁愁[5]。	痛惜后来无辜受惊。
浮江淮而入海兮，	愿随江淮漂流入海，
从子胥而自适[6]。	追随子胥了结心愿。
望大河之洲渚兮，	望见大河中的沙洲，
悲申徒之抗迹[7]。	悲哀地想起申徒狄。
骤谏君而不听兮，	多次规谏君王不听，
重任石之何益？	抱石自沉又有何益？
心绛结而不解兮，	我的牵挂无法解除，
思蹇产而不释。	忧思郁结难以释怀。

【注释】

〔1〕炎气：夏天江河上面腾起的蒸汽。相仍：接续不断。

烟液：指蒸汽凝结的水珠。

〔2〕光景：王逸《章句》"神光电景"。黄棘：神话中木名。枉策：弯曲的马鞭。

〔3〕介子：介子推。所存：指介子推的隐居之处。放迹：隐居的遗迹。

〔4〕调度：犹言考虑、思忖。刻著志：犹言下决心。适：往。

〔5〕曰：当是乱曰的省文。愁：同"惕"，忧惧。

〔6〕子胥：传说伍子胥被吴王夫差赐死后，尸体被投入大江，遂化为海神。

〔7〕申徒：申徒狄，殷末贤臣，谏纣王不听，怀石自沉。抗迹：高尚的行为。

远 游

屈 原

【题解】

《远游》是一首充满浪漫主义奇思的抒情长诗。汉代以来的《楚辞》注释者，大多根据传说而定其作者为屈原。但是，不少文学研究者认为，这是汉人模仿《离骚》的作品，尚无定论。《远游》虽未必是屈原之作，然拟托者却从《离骚》往观四方、溢风上征得到启发，展开远游天地的缤纷铺排，申说"时俗迫阸"之悲和登遐成仙之乐，在艺术表现上大量融汇神仙传说，文采秀发，辞采绚烂。

悲时俗之迫阸兮，	悲哀社会风俗让人困顿，
愿轻举而远游[1]。	我愿轻身高举远游求真。
质菲薄而无因兮，	只是我无能又没有依靠，
焉托乘而上浮[2]？	怎么能乘仙车飞上青天？

【注释】

〔1〕迫阸（è）：狭隘阻塞。王逸《楚辞章句》："哀众嫉妒，迫胁贤也。"轻举：升，登仙。

〔2〕质菲薄：质性鄙陋。托乘：指乘坐仙人之车乘。

悲时俗之迫阨兮,愿轻举而远游。

遭沉浊而污秽兮,
独郁结其谁语!
夜耿耿而不寐兮,
魂茕茕而至曙[1]。
惟天地之无穷兮,
哀人生之长勤。
往者余弗及兮,
来者吾不闻。
步徙倚而遥思兮,
怊惝怳而乖怀[2]。
意荒忽而流荡兮,
心愁悽而增悲[3]。
神倏忽而不反兮,
形枯槁而独留[4]。
内惟省以端操兮,

陷入泥沼使我污秽混浊,
独自忧闷烦乱向谁诉说!
夜里辗转反侧难以成眠,
神魂凄切直到天色大亮。
只有天地才会无穷无尽,
可怜人生多是劳碌不堪。
过去之事已经无法了解,
未来之事我也不能听见。
我的步履蹒跚乱了分寸,
惆怅失意理想不能实现。
心情迷茫让我四处游荡,
心中愁惨无限悲伤失望。
忽然之间精神离而不返,
躯体消瘦只留下了骨头,
反复思索然后审察志向,

远 游

求正气之所由[5]。	探求正气到底来自何方。
漠虚静以恬愉兮,	虚无清静心中安适愉悦,
澹无为而自得[6]。	清心寡欲才能自然得意。
闻赤松之清尘兮,	我敬重赤松先生的清虚,
愿承风乎遗则[7]。	愿意继承他的遗风法则。
贵真人之休德兮,	我敬慕赤松先生的美德,
美往世之登仙[8]。	美慕过去的人能做神仙。
与化去而不见兮,	他们蜕形而去人看不见,
名声著而日延[9]。	他们的名声却流传千载。

【注释】

[1] 茕茕：当作"营营"，凄切。

[2] 徙倚：徘徊不定。怊（chāo）：惆怅。惝怳（tǎng huǎng）：失意不安的样子。乖怀：理想不能实现。

[3] 荒忽：通"恍惚"，心神不定的样子。

[4] 倏（shū）忽：迅速。

[5] 惟省（xǐng）：思考省察。端操：端正操守。

[6] 恬愉：恬淡自乐。澹（dàn）：淡泊。

[7] 赤松：赤松子，传说中的仙人。清尘：对人尊敬之词。尘，指行而起尘。清，尊贵之意。遗则：遗留的法则。

[8] 休德：美德。登仙：得道成仙。

[9] 化：变化，转化，指四时阴阳自然之变化。著：显赫。日延：一天天扩大。

奇傅说之托辰星兮,	惊叹傅说死后变成星星,
羡韩众之得一[1]。	美慕韩众能够飞天成仙。
形穆穆以浸远兮,	他们身形宁静渐渐远去,
离人群而遁逸[2]。	他们远离世俗飘然不见。
因气变而遂曾举兮,	凭借精气变化飞升上天,

忽神奔而鬼怪[3]。	能像鬼神往来瞬息万变。
时髣髴以遥见兮,	有时仿佛足以远远看见,
精皎皎以往来[4]。	神灵耀眼往来宇宙之间。
绝氛埃而淑尤兮,	超越浊世居住名山洞府,
终不反其故都[5]。	永远不愿返回自己故乡。
免众患而不惧兮,	摆脱了群小再没有畏惧,
世莫知其所如。	世人都不知道我的去向。
恐天时之代序兮,	担心一年四季变化无情,
耀灵晔而西征[6]。	灿烂的太阳在不断西行。
微霜降而下沦兮,	寒冷的严霜也开始降临
悼芳草之先零[7]。	悼惜那香草会首先凋零。
聊仿佯而逍遥兮,	我暂且徘徊而借以散心,
永历年而无成[8]。	我只虚度年华一事无成。
谁可与玩斯遗芳兮?	谁能与我同赏这些芳草?
长向风而舒情[9]。	我只好长久地迎风抒情。
高阳邈以远兮,	古帝高阳离我们太远了,
余将焉所程[10]?	想效法古人又怎么可能?

【注释】

〔1〕傅说(yuè):殷高宗武丁贤相。辰星:星宿名,即房星,东方之宿,苍龙之体。韩众:韩终。

〔2〕浸远:渐远。遁逸:隐逸。

〔3〕因:凭借。气变:精气的变化。曾(zēng)举:高举。曾:通"增"。神奔:像神一样往来奔走。

〔4〕皎(jiǎo)皎:光明的样子。

〔5〕氛埃:垢秽之气,即指混浊的尘世。淑尤:美善之地。

〔6〕代序:时序相代。耀灵:指太阳。晔(yè):闪光的样子。

〔7〕沦:沉,降。

[8]永历年:经过了很多年。无成:言身已老而事业无所成就。

[9]玩:玩赏,品评。长:一本作"晨"。

[10]高阳:远古帝王颛顼的称号。焉所程:哪里取得法式。

重曰:春秋忽其不淹兮,　　　再说:春与秋匆匆交替,
奚久留此故居[1]?　　　　　为何我老是要留此故地。
轩辕不可攀援兮,　　　　　轩辕黄帝神圣高不可攀,
吾将从王乔而娱戏[2]!　　　我将跟随王子乔娱乐游戏。
餐六气而饮沆瀣兮,　　　　吃的是六气渴了有清露,
漱正阳而含朝霞[3]。　　　　正阳气漱口朝霞含嘴里。
保神明之清澄兮,　　　　　为了保持精神清明纯洁,
精气入而粗秽除[4]。　　　　把精气吸入将污秽排泄。
顺凯风以从游兮,　　　　　顺着南风随它各处游历
至南巢而壹息[5]。　　　　　游到了南巢我暂时休息。
见王子而宿之兮,　　　　　见到了子乔我深深作揖,
审壹气之和德[6]。　　　　　向他讨教得道成仙秘密。
曰:"道可受兮,不可传;　　他说:"道需心领神会不可言传,
其小无内兮,其大无垠[7];　 小到不可分大到无边际。
无滑而魂兮,彼将自然;　　 神魂不乱就可自然显现,
壹气孔神兮,于中夜存[8]。 　得道最佳境存于夜半时。
虚以待之兮,无为之先;　　 虚静去等待不争天下先,
庶类以成兮,此德之门[9]。"　得道之门径一切法自然。"
闻至贵而遂徂兮,　　　　　听到至理名言就想前往,
忽乎吾将行[10]。　　　　　匆匆忙忙我即将要远行。
仍羽人于丹丘兮,　　　　　追随飞仙到达丹丘圣地,
留不死之旧乡[11]。　　　　永远留在长生不死之乡。

【注释】

〔1〕重曰：从全诗结构上看，重曰，是另起一层的意思。洪兴祖《楚辞补注》："《离骚》有乱有重。乱者，总理一赋之终；重者，情志未申，更作赋也。"

〔2〕轩辕：黄帝姓公孙，名轩辕。

〔3〕沆瀣（hàng xiè）：夜间水气，即露水。正阳：南方日中之气。朝霞：日出赤黄之气。

〔4〕神明：指人的精神。

〔5〕凯风：南风。南巢：指南方荒远之国。壹息：休息。

〔6〕宿：朱熹《楚辞集注》"宿，与'肃'通"，恭敬。壹气、和德：道家术语，得道的意思。

〔7〕无内：极小，不可分割。

〔8〕无滑（gǔ）：不混乱。无，同"毋"。壹气孔神：得道的最佳境界。孔，甚。于中夜存：言夜半万籁无声，人的精神容易达到虚静无为的境界。

〔9〕无为之先：《老子》"不敢为天下先"。德之门：和德之门。此指达到和德境界的途径。

〔10〕至贵：至贵之言，指上王子乔之所言。徂（cú）：往。

〔11〕仍：追随。羽人：飞仙。丹丘：昼夜常明之仙境。

朝濯发于汤谷兮，	早晨在汤谷里洗濯头发，
夕晞余身兮九阳[1]。	夜晚就在九阳下晒干身。
吸飞泉之微液兮，	吸饮飞泉溅的清凉泉水，
怀琬琰之华英[2]。	美玉般的花朵怀揣在心。
玉色頩以脕颜兮，	脸色如美玉光彩又照人，
精醇粹而始壮[3]。	精神纯粹完美初盛方刚。
质销铄以汋约兮，	我的凡胎脱尽轻丽柔美，

神要眇以淫放^[4]。	神人精神旺盛格外奔放。
嘉南州之炎德兮，	南州气候温暖令人赞美，
丽桂树之冬荣^[5]。	那美丽的桂花冬天吐英。
山萧条而无兽兮，	群山萧条没有野兽出没，
野寂漠其无人。	原野寂静无人多么冷清。
载营魄而登霞兮，	车载着魂魄我登上彩霞，
掩浮云而上征^[6]。	浮云遮身啊我登上天庭。
命天阍其开关兮，	叫守门人赶快打开天门，
排阊阖而望予^[7]。	他推开天门而把我来看。
召丰隆使先导兮，	我召唤云师来作为向导，
问大微之所居^[8]。	叫他打听太微宫的所在。
集重阳入帝宫兮，	来到九重天进入太微宫，
造旬始而观清都^[9]。	造访太白星到清都参观。
朝发轫于太仪兮，	早晨启程于威仪的天庭
夕始临乎于微闾^[10]。	傍晚来到东北于微闾山。

【注释】

〔1〕晞（xī）：晒干。九阳：古代神话称汤谷有扶桑树，"九日居下枝，一日居上枝"。"九阳"，即指居下枝的九个太阳。

〔2〕琬琰（wǎn yǎn）：美玉。

〔3〕玉色：指脸色。頩（pīng）：美貌。睆（wàn）：颜面润泽美丽。醇粹：纯粹完美。

〔4〕质：指形体。质销铄：指凡胎脱尽。汋（chuò）约：绰约，柔美之貌。要眇：高远貌。

〔5〕炎德：火德。东、西、南、北、中分属五行，南方属火，故称炎德。

〔6〕载营魄：车载魂魄。语出《老子》："载营魄抱一，能无离。"

〔7〕天阍（hūn）：天上的守门人。关：门闩。开关：开门。阊阖（chāng hé）：天门。

〔8〕丰隆：云神。大微：一作"太微"，天上宫殿名。王夫之《楚辞通释》："太微，在紫微之南，天市之北，中宫也。"

〔9〕集：就，到。重阳：天顶。造：至。旬始：太白星。清都：上帝所居之地。

〔10〕轫（rèn）：制止车轮转动的横木。发轫：移开横木，使车辆行动。所以发轫有启程动身之意。太仪：天庭。于微间：神话中的山名，在东北方，产玉。于微间，即医无闾，洪兴祖《楚辞补注》："《周礼》：'东北曰幽州，其山镇曰医无闾。'"

屯余车之万乘兮，	集聚起上万辆随从车马，
纷溶与而并驰[1]。	车辆齐头并进从容安闲。
驾八龙之婉婉兮，	驾车的八条龙蜿蜒前行，
载云旗之逶蛇[2]。	载着云旗飘飘绵延长空。
建雄虹之采旄兮，	插上绘雄虹的彩色旌旗，
五色杂而炫耀[3]。	旗帜五色缤纷炫耀苍穹。
服偃蹇以低昂兮，	服马高大矫健俯仰奔腾，
骖连蜷以骄骜[4]。	骖马曲蹄奔驰纵恣向前。
骑胶葛以杂乱兮，	坐骑车驾参差交错杂乱，
斑漫衍而方行[5]。	车马列队并行漫无边际。
撰余辔而正策兮，	我手持缰绳端正握马鞭，
吾将过乎句芒[6]。	经过木神句芒继续前行。

【注释】

〔1〕屯：聚集。

〔2〕婉婉：同"蜿蜒"，蜿蜒曲折。

〔3〕雄虹：古人分虹为内外环，内环叫雄虹，外环叫雌虹。此指绘于旄上的彩色。旄（máo）：旗杆上装饰牛尾的旗。

〔4〕服、骖：驾车的四匹马，中间的两匹称服，两旁的两匹称骖。偃蹇（jiǎn）：高大矫健的样子。连蜷：形容骖马矫健、健美。骄骜：马纵恣奔驰的样子。

〔5〕胶葛：车马杂错貌。漫衍：漫无边际。方行：并行。

〔6〕撰：持，拿。句（gōu）芒：神话中的木神。

前飞廉以启路

历太皓以右转兮，
前飞廉以启路[1]。
阳杲杲其未光兮，
凌天地以径度[2]。
风伯为余先驱兮，
氛埃辟而清凉[3]。
凤凰翼其承旂兮，
遇蓐收乎西皇[4]。
擥彗星以为旍兮，
举斗柄以为麾[5]。
叛陆离其上下兮，
游惊雾之流波[6]。
时暧曃其曭莽兮，
召玄武而奔属[7]。
后文昌使掌行兮，
选署众神以并毂[8]。
路曼曼其修远兮，

经过天帝太皓向右转弯，
风神飞廉在前开路探看。
曙光初升还未大放光明，
越过天池继续径直向前。
风伯为我们车队的先锋，
天宇扫净浊尘干净清凉。
凤凰展翅去承接着旌旗，
遇到了西方蓐收和西皇。
摘下彗星装饰我的旌旗，
手握斗柄指挥车骑队形。
旗帜纷繁闪动光怪陆离，
游如惊雾闪似流波泛星。
天色渐渐昏暗暮色来临，
我命玄武赶快紧紧跟随。
让文昌在后面带领随从，
安排众神并驾驱车前行。
道路漫漫前途还很遥远，

145

徐弭节而高厉〔9〕。　　我且停鞭缓行登高远望。
左雨师使径侍兮，　　雨师在左路旁侍奉护路，
右雷公以为卫〔10〕。　　雷公在右路旁放哨站岗。

【注释】

〔1〕太皓：指东方之天。飞廉：风神。

〔2〕杲杲（gǎo）：明亮。天地：俞樾校作"天池"，即咸池。径度：径直度越。

〔3〕氛埃：尘土。辟：扫除。

左雨师使径侍兮，右雷公以为卫。

〔4〕蓐（rù）收：神话中的西方之神。西皇：西方天帝，即少昊。

〔5〕旍（jīng）：同旌，古代用牛尾和鸟羽装饰旗杆的一种旗。斗柄：指北斗七星形如斗柄第五、六、七三颗星。

〔6〕叛：纷繁。惊雾：言云雾惊动而流荡如水波。

〔7〕暧瞪（ài dài）：昏暗貌。曭（tǎng）莽：阴晦不明。

〔8〕文昌：星名，在北斗魁前，有六星。掌行：带领从行的队伍。署：部署，安排。并毂（gǔ）：车辆并驾齐驱。毂：车轮中心的圆木，这里代指车。

〔9〕弭（mǐ）节：停鞭徐行。高厉：凭高远望。

〔10〕径侍：在路旁侍候。径，道路。

远 游

欲度世以忘归兮，	我想超脱尘世无所挂念，
意恣睢以担挢[1]。	我要放纵心意高上云天。
内欣欣而自美兮，	内心高高兴兴修饰自己，
聊媮娱以自乐[2]。	暂且欢娱求得乐在心间。
涉青云以汎滥游兮，	飞越青云纵情游览四方，
忽临睨夫旧乡[3]。	忽然望见自己想念的家。
仆夫怀余心悲兮，	车夫怀恋我也心中悲伤，
边马顾而不行。	边马回头张望止住前行。
思旧故以想象兮，	思念亲戚朋友浮想联翩，
长太息而掩涕[4]。	长长叹息涕泪横沾裳。
氾容与而遐举兮，	还是远走高飞任意游荡，
聊抑志而自弭[5]。	暂且压抑自己思乡情肠。

【注释】

［1］度世：度越尘世而仙去。担挢（jiē jiǎo）：高举貌。

［2］媮（yú）：乐。

［3］汎滥游：纵情地四方周游。临睨（nì）：斜视。这里指望见。

［4］旧故：指亲戚朋友。

［5］抑志、自弭：指压抑自己思恋故乡旧交的感情。

指炎神而直驰兮，	朝着南方火神直奔而去，
吾将往乎南疑[1]。	我将到那仙界九嶷神山。
览方外之荒忽兮，	看那世外多么荒远飘忽，
沛罔象而自浮[2]。	我像船儿漂浮大海汪洋。
祝融戒而还衡兮，	火神祝融劝我转车返回，
腾告鸾鸟迎宓妃[3]。	传告鸾鸟迎宓妃洛水上。
张《咸池》奏《承云》兮，	宓妃演奏古曲《咸池》《承云》，

二女御《九韶》歌[4]。　　娥皇女英演唱《九韶》之歌。
使湘灵鼓瑟兮，　　　　让湘水女神鼓瑟奏新曲，
令海若舞冯夷[5]。　　　令海神与河伯对舞翩飞。
玄螭虫象并出进兮，　　黑龙水怪一同纷纷起舞，
形蟉虬而逶蛇[6]。　　　形体盘曲蜿蜒姿态万千。
雌蜺便娟以增挠兮，　　彩虹艳丽更觉娇媚轻盈，
鸾鸟轩翥而翔飞[7]。　　鸾鸟高飞上下盘旋自由。
音乐博衍无终极兮，　　音乐舒缓平和没完没了，
焉乃逝以徘徊[8]。　　　我无所适从且徘徊蹒跚。
舒并节以驰骛兮，　　　放开缰绳任凭马儿飞奔，
逴绝垠乎寒门[9]。　　　到达了天边北极的寒门。
轶迅风于清源兮，　　　超越疾风来到寒风源头，
从颛顼乎增冰[10]。　　　跟从颛顼登上层层厚冰。

【注释】

〔1〕炎神：指南方火神祝融。南疑：九嶷山。

〔2〕荒忽：荒远飘忽。沛：水流貌。罔象：水盛貌。

〔3〕祝融：火神。洪兴祖《楚辞补注》引《山海经》："南方祝融，兽身人面，乘两龙，火神也。"还衡：转车回返。衡，车辕前横木，此指代车。腾告：传告。宓妃：神话中的人物，是古帝伏羲氏的女儿，溺死于洛水，遂为洛水之神。

〔4〕咸池、承云：都是古代乐曲名。二女：指尧之二女，即娥皇、女英。御：侍候。九韶：舜时乐曲名。

〔5〕海若：北海之神，即《庄子·秋水》之北海若。冯夷：河伯，黄河之神。

〔6〕玄螭（chī）：传说中的红黑色无角龙。虫象：水中神物。蟉虬（liú qiú）：盘曲貌。

〔7〕便（pián）娟：轻盈美丽的样子。增挠：层层缠绕。轩

翥（zhù）：高飞。

〔8〕博衍：形容乐声舒缓平和。

〔9〕驰骛（wù）：恣意奔驰。逴（chuō）：远。绝垠：天边。寒门：北极的天门。

〔10〕轶（yì）：超越。清源：指北极寒风的源头。颛顼（zhuān xū）：北方的天帝。增冰：层冰，厚冰。

历玄冥以邪径兮，	经过玄冥前面崎岖小路，
乘间维以反顾〔1〕。	登上横绝空间回首频频。
召黔嬴而见之兮，	召来天神黔嬴彼此相见，
为余先乎平路〔2〕。	让他为我在前把路指引。
经营四荒兮，	驾着车辆走过荒远四方，
周流六漠〔3〕。	四方和上下都周游一遍。
上至列缺兮，	向上直到闪电漏出之处，
降望大壑〔4〕。	向下直到渤海底的深渊。
下峥嵘而无地兮，	下面深邃啊看不见大地，
上寥廓而无天〔5〕。	上面高远啊望不到青天。

使湘灵鼓瑟兮，令海若舞冯夷。玄螭虫象并出进兮，形蟉虬而逶蛇。

召黔嬴而见之兮，为余先乎平路。

视倏忽而无见兮,	眼睛忽而闪却视而不见,
听惝恍而无闻[6]。	耳朵觉嗡嗡也听而无闻。
超无为以至清兮,	超然无为清虚到了境界,
与泰初而为邻[7]。	要与原始太初永远为邻。

【注释】

〔1〕玄冥:北方水神,冬神。邪径:崎岖小路。间维:古代计算天空距离的单位名称。

〔2〕黔嬴:天上造化神名。

〔3〕六漠:六幕,六合,指天地四方。

〔4〕列缺:亦作"列缺",天顶之裂隙,古人谓闪电由此漏出,故又称闪电为列缺。大壑:深渊。

〔5〕寥廓:广远貌。

〔6〕惝恍(tǎng huǎng):模糊不清。

〔7〕至清:最清虚的境界。泰初:太始之初,即原始的状态。

卜 居

屈 原

【题解】

此篇所记之事,大抵发生在楚襄王三年间。当时屈原放逐汉北已三年多,怀王却已客死于秦。由于子兰唆使上官大夫再次进谗,楚襄王于大怒之中,下令将屈原迁逐江南。屈原在远迁沅湘前,得以在郢都稍事停留,故有烦懑之际问卜詹尹事。"卜居"即卜问如何立身之道。在"宁……,将……"的两疑之中,抒写着对小人得志、忠贞遇害的深切愤懑和不平;同时显现着这位伟大志士在世道混浊、是非颠倒的非常时刻,对人生正道的孤傲而又坚定的选择。

《卜居》传说乃屈原所作,其实可能是熟悉屈原事迹的楚人之追记。由于记述的内容主体部分是屈原问卜之语,署屈原为作者,当也可以成立。

屈原既放,	屈原啊他被流放了以后,
三年不得复见[1]。	三年了不能再见到楚王。
竭知尽忠,	他为了君国煞费了苦心,
而蔽鄣于谗[2]。	但他的进取却遭到谗言。
心烦虑乱,不知所从,	心烦意乱不知如何是好,

往见太卜郑詹尹。	就去见管太卜的郑詹尹。
曰:"余有所疑,	屈原说:"有些问题想不通,
愿因先生决之[3]。"	特来请教先生帮我解决。"
詹尹乃端策拂龟,	詹尹端策拂龟备好工具,
曰:"君将何以教之[4]?"	说道:"不知您有什么见教?"
屈原曰:	屈原十分激动地对他说:
"吾宁悃悃款款朴以忠乎?	"应该诚实勤恳朴质忠厚,
将送往劳来斯无穷乎[5]?	还是送迎奉承阿谀屈从?

【注释】

〔1〕放:放逐。

〔2〕知:通"智"。郭:通"障",阻塞。

〔3〕太卜:官名,掌管国家卜筮的官员。郑詹尹:太卜名。因:通过,由。

〔4〕策:蓍草。

〔5〕悃(kǔn)悃款款:忠诚勤勉的样子。将:还是。

宁诛锄草茅以力耕乎?	应该除草助苗努力耕作,
将游大人以成名乎[1]?	还是游说诸侯求取名爵?
宁正言不讳以危身乎?	应该不惜性命大胆直言,
将从俗富贵以媮生乎[2]?	还是贪图富贵苟且偷生?
宁超然高举以保真乎?	应该超凡脱俗保全性真,
将哫訾栗斯,	还是阿谀逢迎屈己从俗,
喔咿儒儿以事妇人乎[3]?	强颜欢笑以去取媚妇人?
宁廉洁正直以自清乎?	应该廉洁正直清清白白,
将突梯滑稽,如脂如韦,	还是圆滑随俗面面取巧,
以洁楹乎[4]?	像那油脂光滑牛皮柔软?
宁昂昂若千里之驹乎?	应该昂首挺胸像千里驹,

卜居

将氾氾若水中之凫乎[5]，	还是像水中鸟随波逐流，
与波上下，偷以全吾躯乎？	任凭漂浮苟且保全身躯？

【注释】

〔1〕大人：指诸侯。

〔2〕媮：同"偷"，苟且。

〔3〕高举：指远离世俗。哫訾（zú cī）：阿谀奉承。栗斯：惊恐的样子，此处是形容献媚的丑态。喔咿儒儿：强作欢颜，以讨人喜欢的样子。

〔4〕突梯：圆滑。韦：熟牛皮。

〔5〕昂昂：昂然奋发的样子。氾氾：漂浮不定的样子。凫：野鸭子。

宁与骐骥亢轭乎？	我应该与骏马并驾齐驱，
将随驽马之迹乎[1]？	还是追随劣马亦步亦趋？
宁与黄鹄比翼乎？	我应该与天鹅比翼双飞，
将与鸡鹜争食乎[2]？	还是去与鸡鸭争食斗气？
此孰吉孰凶？	这到底做哪个不做哪个？
何去何从？	我应该如何做又如何行？
世溷浊而不清。	这个世道已经混浊不清。
蝉翼为重，	蝉翼非常重，
千钧为轻[3]；	千钧比之轻。
黄钟毁弃，	合律的黄钟被销毁抛弃，
瓦釜雷鸣[4]；	黏土做的锅子响如雷鸣。
谗人高张，	坏人势力大，
贤士无名[5]。	好人默无名。
吁嗟默默兮，	啊！我不说了，
谁知吾之廉贞！"	谁了解我廉洁坚贞品行！"

詹尹乃释策而谢,	詹尹放下蓍草起身辞谢,
曰:"夫尺有所短,	说"衡量事物尺有短的时候,
寸有所长,	衡量事物寸有长的时候,
物有所不足,	万事万物都有不足之处,
智有所不明,	聪明的人也有不明之理,
数有所不逮,	数理有时都会无法预料,
神有所不通[6]。	神灵有时也会变得糊涂。
用君之心,	你想怎么做,
行君之意,	那就怎么做,
龟策诚不能知此事。"	龟壳蓍草对这一无所知。"

【注释】

〔1〕亢:并举。轭:车辕前横驾在牲口颈上的横木。亢轭,犹言并驾。驽马:劣马。

〔2〕黄鹄(hú):天鹅,相传能一举千里。

〔3〕钧:古时三十斤为一钧。

〔4〕黄钟:古乐十二律之一,声调最为洪亮。此指音律合于黄钟的乐器大钟。瓦釜:陶制的锅。

〔5〕高张:气焰嚣张。

〔6〕谢:辞谢。数:指占卜。逮:及,到。

渔 父

屈 原

【题解】

屈原与渔父的对话,发生在屈原迁逐江南期间。从渔父认出屈原"三闾大夫"的身份看,他曾在楚江陵生活过,也许是从仕途退隐的高士。渔父对诗人的劝说,既出于关心,亦不妨看作是对屈原志节的一种试探。因为就是主张退隐的清廉之士,也并不愿意与世共其醉、同其浊,否则他们又何必隐于山泉林下?屈原不仅主张坚持清峻高洁,而且不能容忍世道之混浊。因此他所选择的,不是退隐,而是不惧迫害、放逐的挺身抗恶。他宁愿在这斗争中伏清白以死直,也不肯容忍、退让以苟活——这大抵是屈原与渔父的不同之处。

屈原既放,	屈原啊已经遭到了放逐,
游于江潭,	他来到了沅江湖畔游荡,
行吟泽畔[1],	在江边一边走一边吟唱。
颜色憔悴,	他衰弱不振啊面色憔悴,
形容枯槁[2]。	他形销骨立啊模样枯瘦。
渔父见而问之曰:	渔翁看到屈原向他问道:
"子非三闾大夫欤?	"您不就是三闾大夫吗?

何故至于斯[3]？" 为什么沦落到这种地步？"
屈原曰： 屈原回答渔翁的问话说：
"举世皆浊我独清， "世人都混浊只有我干净，
众人皆醉我独醒， 个个都醉了唯有我清醒，
是以见放[4]。" 所以我就这样被放逐了。"

【注释】

〔1〕既放：指屈原被楚顷襄王放逐。行吟泽畔：指在大泽边上一边行走，一边吟诗。

〔2〕形容：指体态容貌。

〔3〕三闾大夫：楚国官名，掌管楚国贵族屈、景、昭三姓贵族事务。

〔4〕见放：被放逐。

渔父曰： 渔翁听他说完就劝他道：
"圣人不凝滞于物， "圣人不拘泥于某种环境，
而能与世推移[1]。 并能随世俗变化而改变。
世人皆浊， 如果世间上人人都混浊，
何不淈其泥而扬其波[2]？ 何不搅混泥水推波助澜？
众人皆醉， 如果世间上个个都醉了，
何不餔其糟而歠其醨[3]？ 为何不吃酒糟把酒大喝？
何故深思高举， 为什么忧国忧民又超脱，
自令放为[4]？" 以至于使自己被人放逐？"
屈原曰："吾闻之， 屈原说："我曾经听说，
新沐者必弹冠， 刚洗头要弹去帽上灰尘，
新浴者必振衣[5]。 刚洗澡要抖净衣上尘土。
安能以身之察察， 怎能让干干净净的身体，
受物之汶汶者乎[6]？ 去沾染外界污浊的事物？

渔父

宁赴湘流,	我宁愿投入那湘江水中,
葬于江鱼之腹中。	让自己葬身在鱼腹肚中。
安能以皓皓之白,	怎能让洁白纯净的东西,
而蒙世俗之尘埃乎[7]!"	蒙受那世俗尘埃的污垢!"
渔父莞尔而笑,	渔翁听完后就莞尔一笑,
鼓枻而去[8]。歌曰:	敲击他的船桨边行边唱:
"沧浪之水清兮,	"沧浪江的水啊清又清啊,
可以濯吾缨[9];	可以洗一洗啊我的头巾;
沧浪之水浊兮,	沧浪江的水啊浊又浊啊,
可以濯吾足。"	可以洗一洗啊我的双脚。"
遂去,不复与言。	他远去不再和屈原说话。

【注释】

[1]与世推移:随从世俗不断改变自己。王逸注为"随俗方圆",即随波逐流。

[2]淈(gǔ)其泥:搅动泥沙。淈,搅乱。

[3]餔(bū)其糟:吃酒糟。歠(chuò)其醨:喝薄酒。

[4]高举:行为高尚,不同于一般世人。

[5]弹冠:掸去帽子上的灰尘。振衣:抖落衣服上的灰尘。

[6]察察:洁白的样子。汶(mén)汶:污浊的样子。

[7]湘流:湘水,流经今湖南省。皓皓之白:指纯洁高尚的品格。

[8]莞(wǎn)尔:微笑的样子。鼓枻(yì):敲击船桨。

[9]沧浪:水名,在今湖南省境内。濯:洗。缨:系结帽子的丝带。